U0033499

日子

Ji̍t-tsí

陳胤

台語曆日仔詩

詩的萬年曆

　　詩，是一種祝福，也是禱告。每天早晨寫一首詩，給自己，給朋友，也給全世界，隨即利用臉書（Facebook）平台上網，虔誠遞上一天的問候，祈求有個美好的開始。把它當成一種宗教儀式，天亮之時，用心點燃一炷無煙清香，讓情意裊裊上升，與天地合而爲一，心靈遂在注目凝視中，漸漸得以安頓、洗滌。

　　台灣各族母語，因爲它瀕危，語言本身的存在、流行，就是一首動人的行動詩。用母語寫詩，最溫暖，每天把它當成生活的功課，當成人間的修行。從復振母語的坎坷路上觀之，寫詩，又近乎苦行，薛西弗斯（Sisyphus）式的輪迴，希冀成爲自己呼吸的節奏，在單調寧靜中能得到淡淡的歡喜與了悟。

本詩集，詩的內容，以「愛」作爲探索的基點，盡量從意象中擠出正向的能量，像微微晨光，透著希望。雖偶有些許愁緒，正如同陰雨天氣，在自然歲月中在所難免。人生也是。悲喜交集，更有生命滋味。

而在詩的整體意念上，一天一首，象徵祝福禱告不間斷，仿照日曆，隨著季節遞嬗，企圖在日常生活的體悟中找到屬於每一天該有的詩篇。366 首，是每天小日子的自我救贖，從此，也可拓展到往後的日日月月，歲歲年年。《日子》，是詩的萬年曆。

至於詩的形式上，每個詩題，加上三行台語短詩，仿日本俳句神貌，簡短易讀的生活化用語，在台語書寫剛邁入標準化的進程中，有推廣普遍化的期望。其中較特別的設計是，每首詩的詩題，都來自前

一首（天）詩中的一個詞，其精神，如同基督教創世神話，上帝造人後，再從亞當身體中取一根肋骨化造夏娃，象徵生命綿延不絕。每天日子，都有前一天的遺緒，人，就在牽連流轉當中，活了下來。曆日仔詩的意義，就在時間河流裡探求其中意義，讓自己活得更歡喜，至少更有勇氣。

再者，每一首詩題，設定上都是不同的字詞，期許自己，在台語用字遣詞上能更精進，把先祖們的生活詞彙從文獻裡挖掘出來，然後在詩中再現；語言是活的，沒用沒講沒有書寫，只是個死標本。也由於整首詩只有三行，為賦予它更大的張力，詩題也將之設定為詩的首句，是意象的統整也是開場，讓架構更趨完整。

本詩集，採用教育部頒訂的台語羅馬字與推薦漢字，初學者每天讀一首詩，不僅能漸漸告別火星文，也能獲得詩的祝

福；文學不在高不可攀的神殿，而在我們
生活日常，每個人都可以是詩人或讀詩的
人。沒有了母語，文學永遠有缺憾；每天
的《日子》，希望喚醒血液裡一些母親般
的溫暖。

—主編的話／鄭清鴻

一日一日，用詩共台語抾轉來

　　對濟濟人來講，「文學」這兩字，差不多等於是國文課本，或者是專屬「文青」ê 物件，離「普通人」ê 生活淡薄仔遠。免講是「詩」，雖然干焦短短幾逝，煞袂輸是「有字天書」，成做一種看無嘛聽無 ê 語言。但是這兩項，可能猶慘袂過咱 ê 本土語文離生活遮爾遠 ê 事實……

　　毋過，敢真正是按呢？

　　咱回顧台語文學百年 ê 粒積，無論是白話字 ê 起鼓，或者是漢文古典、新文學傳統，詩、小說、散文、戲劇……其實攏非常倚近台灣人 ê 日常生活，是真普遍 ê 娛樂。上無，咱到今猶捷捷聽著，會當綴咧哼幾句 ê 經典台語流行歌謠，有真濟嘛是對日本時代創作、變化、流傳到今。遮 ê 歌詞，對台灣土地、歷史環境孵出來，有台語深刻 ê 文化底蒂，嘛有台灣人

特別 ê 情意 kah 話語。遮 ê 歌詩,敢真正有離咱蓋遠?抑是咱 ê 喙舌予殖民者切斷,無法度朗讀母語 ê 字句,歌詩才來失去意義?

詩人陳胤以「曆日仔詩」ê 概念,一工一首,完成 366 工 ê「修行」。伊將日常生活當中 ê 幼路觀察 kah 體驗、感動 kah 刺激,仿日本俳句 ê 短形式表現做三逝 ê 短詩,追求生活化 ê 用語 kah 直覺 ê 感受連結。溫暖是伊 ê 性格,溫柔是伊 ê 氣質,微觀是伊 ê 角度,引毛讀者浸入伊宏觀 ê 大千世界,化做詩境 ê 萬項事物,心隨形變。

「曆日仔詩」是詩人 ê 祈禱、文學 ê 儀式,用正向 ê 意念陪伴讀者,紀錄逐工 ê 滋味,牽做長遠 ê 人生,嘛用親切樸實 ê 詩語言來復健台語。每一首詩前後接力(後一首／工用前一首／工出現 ê 詞來做

詩題）ê 互文關係，毋但表現日子 ê 流轉、意義 ê 繼承 kah 性命 ê 延續，用「跨頁」ê 形式同時表現兩工前後兩首詩，詩題之間，嘛有時間 kah 故事性 ê 聯想或者對比。比如一月有「大海—曠闊」、「歲月—皺痕」、「虛名—假仙」、「失禮—尌酌」，透由詩題 ê 關係創造意象 kah 畫面 ê 跳接，予「曆日仔詩」加添真濟閱讀 ê 趣味 kah 深度。

設計上，以「日期」取代「頁碼」，意思是，咱若欲揣某一首詩，是真正咧「看日子」，毋是將詩 ê 位置用順序號碼來取代。為欲方便讀者查揣，正手爿 設計月份 ê 引得（index），予這本詩集好親像是一本「年度手帳」，加強「曆日」ê 性格。向望咱台語出頭天，未來是好日，一日一日，一年一年，一代一代，生湠傳承。

—— 踏話頭

Gâu 早！日頭光

現此時，外口，無風無雨大日頭，
照講，應當和我 ê 詩，當咧四界浪流連才
著，無疑悟，suah 乖乖覕 tī 冊房，毋敢
出門。唉，好天，若去拄著歹年冬，嘛感
覺無啥向望。

你知，彼 lō，萬惡 ê 中國病毒，到
今冬外矣，猶咧生湠，穢 kah 全世界人
心惶惶，生驚畏寒。想起來，是有淡薄仔
悲哀，咱島國，本底顧 kah 好勢好勢，
這站，suah 雄雄崩盤，疫情 koh 比以早
較嚴重，著災 ê 人，做一睏衝懸，規禮
拜矣，逐工攏上百上百直直跳，足濟人驚
kah 跤尾冷吱吱，強欲 tshuah 屎……

嘿啊，這款日子，有影歹睏眠。無打
緊，又 koh 搭著大洘旱，足濟水田攏园
咧拋荒；有 ê 所在，三不五時仔著愛輪流

停水，所有 ê 水庫，焦 kah 賰一領內褲，最後連咱 ê 心，都焦涸涸，更加歹渡。

歹渡，總是，嘛著渡。日子，就是按呢，無論你癮抑 bē 癮，殘殘就 kā 你碾過，欲哀嘛 bē 赴哀。

是講，會寫這本曆日仔詩，嘛毋是啥物大代誌，干焦爲著欲替每一工日子，tī 伊消失進前，留一寡仔時間 ê 跤跡，對性命算一款記念，kah 祝福，向望未來 ê 每一工，會 koh 較四序，較無遺憾。

一工，到底是偌長？凡勢你會笑我倯戇，問這款三八問題。講正經 ê，我誠實答 bē 出一个定數，二十四小時，絕對毋是我 ê 標準答案，若親像有人問我性命 ê 意義全款，平常時誠興寫詩，kah 這个世界相諍，正港欲講 hōo 家己聽 ê 時，suah 顛倒講 bē 伸掉。這就是，人，一隻上矛盾、上番 ê 動物。

啊，一工，不管有偌長，過去就過去矣，永遠 bē koh 回頭，這定著無重耽，你較按怎好額，嘛買 bē 轉來。這款困境，我 ê 曆日仔詩，早就有設想、鋪排，koh 不止仔利，偷偷斬斷時間空間 ê 鎖鏈，在你用頭殼，雲遊世界。你會當正掀、倒掀，甚至烏白掀，每一工，攏看現現；你 kā 當做籤詩嘛會使，透早敨對日子配咖啡，伊就替你報路，炁你玲瑯踅。無的確，我 ê 彼工，就是你 ê 今仔日，抑是明仔載，因為人 ê 因緣 kah 運命，永遠咧輪迴。所致，凡勢仔 tī 我 ê 詩當中，無細膩，就會看著你家己。我寫 ê 日子，雖罔攏已經往生過去矣，無人會知，啥物時陣，彼款情境，會 tī 咱未來 ê 某一工，koh 再倒轉來。

人咧講，一蕊花一個世界，咱嘛會使按呢講：一工，一世人。時間，無一定

是手錶面頂 ê 數字，有當時仔，是一種心情 ê 感覺。悲歡離合、愛恨情仇，攏是性命 ê 面肉，值得咱好好仔寶惜。尤其這馬，全世界攏咧著災，性命無常，常在活跳跳，在眼前，搬演。看 bē 著 ê 敵人，才是上恐怖 ê 敵人。無人想會著，人，會 hōo 一隻連目睭都看無 ê 病毒，修理 kah 遮爾悽慘落魄。喙罨掛 kah 家己都 bē 認得，莫講別人。

咱知，猶有一種比病毒 koh 較恐怖 koh 較毒 ê 毒，tī 頭殼內咧䖳，hōo 咱不知不覺飼鳥鼠咬布袋、飼囝拍老爸，koh 感覺家己是正義化身、替天行道，這款毒，無藥醫，掛喙罨嘛枉然。唉，講來厭氣，無彩咱這个，世界婧 ê 美麗島……

毋過，性命是公平 ê，有好就有穩，有穩就有好，無定著，這款驚惶操煩 ê 日子，突然間 hōo 咱雄雄覺悟，覺悟 ê 彼

一工，就是你 ê 天堂；短短 ê 一工，較贏 tī 地獄規世人。

嘿啊，人生短短，咱規工無閒 tshì-tshà，是咧追逐啥物？腹肚顧了顧佛祖，外口，管待伊好天抑落雨，每日透早，撥工讀一首短短 ê 詩，向家己和全世界請安問好，kā 性命摸 hōo 長，摸 hōo 開闊；緤來，輕輕仔溫柔喝一聲：Gâu 早！日頭光。

按呢，較按怎無向望 ê 日子，嘛有眠夢；著無？咱對性命 ê 意愛，就 hōo 變做古錐 ê 瘟疫，無邊無際，生湠。

—— 2021/05/25

註解：

gâu 早（gâu-tsá）：勢早，「早安」。
浪流連（lōng-liû-liân）：「無所事事遊蕩」。
無疑悟（bô-gî-ngōo）：「想不到」。
覕（bih）：「躲藏」。

向望（ǹg-bāng）：「希望」。

穢（uè）：「傳染」。

著災（tiȯh-tse）：「得瘟疫」。

衝懸（tshìng-kuân）：「衝高」。

tshuah 屎（tshuah-sái）：瘙屎，「排糞失禁」。

嘿啊（hennh--ah）：「是啊」。

搪（tñg）：「遇見」。

囥（khǹg）：「置放」。

賰（tshun）：「剩下」。

焦涸涸（ta-khok-khok）：「乾巴巴」。

bē 癮（bē-giàn）：袂癮，「不願」。

碾（lián）：「滾壓」。

干焦（kan-na）：「只」。

侗戇（tòng-gōng）：「傻瓜」。

bē 伸捙（bē-tshun-tshia）：袂伸捙，「指經過勸說後，仍無法改變對方的態度或想法」。

重耽（tîng-tânn）：「誤差」。

系（tshuā）：「帶領」。

踅（sȇh）：「遊逛」。

無細膩（bô-sè-jī）：「不小心」。

喙罨（tshuì-am）：「口罩」。

囝（kiánn）：「兒子」。

厭氣（iàn-khì）：「失望、遺憾」。

䆀（bái）：「醜陋」。

搝（giú）：「拉」。

篇目

一月
It-guėh

1/1	1/2	1/3	1/4	1/5	1/6	1/7
大海	曠闊	歲月	皺痕	溪河	人生	等待
1/8	1/9	1/10	1/11	1/12	1/13	1/14
蝶仔	虛名	假仙	幸福	歡喜	目睭	故事
1/15	1/16	1/17	1/18	1/19	1/20	1/21
有影	倚家	失禮	斟酌	凍霜	家己	刁工
1/22	1/23	1/24	1/25	1/26	1/27	1/28
時間	昨暝	思慕	雨聲	永遠	火	酒
1/29	1/30	1/31				
玫瑰	伊	發穎				

二月
Jī-guéh

			2/1	2/2	2/3	2/4
			無人	膨紗衫	心	月娘
2/5	2/6	2/7	2/8	2/9	2/10	2/11
開始	無彩	奴隸	詩	定著	美滿	天地
2/12	2/13	2/14	2/15	2/16	2/17	2/18
有閒	茶	等你	做伙	懵懂	愛嬌	被單
2/19	2/20	2/21	2/22	2/23	2/24	2/25
曝日	看天	靈魂	樹枝	無路	總是	管待伊
2/26	2/27	2/28	2/29			
迌迌	自由	今生	頂世人			

三月
Sann-guéh

				3/1	3/2	3/3
				漂浪	花開	彩虹
3/4	3/5	3/6	3/7	3/8	3/9	3/10
色水	相思	洘流	聽講	魚仔	船	海湧
3/11	3/12	3/13	3/14	3/15	3/16	3/17
頭鬃	吹過	躊躇	跤跡	掀開	內面	行過
3/18	3/19	3/20	3/21	3/22	3/23	3/24
舊年	燕仔	春天	心內	合奏	歌聲	春雨
3/25	3/26	3/27	3/28	3/29	3/30	3/31
多情	新娘	胭脂	喙顿	天頂	溫暖	綿綿

四月
Sì-guéh

4/1	4/2	4/3	4/4	4/5	4/6	4/7
跟綴	憂悶	渡鳥	澹澹	喙印	花	美麗

4/8	4/9	4/10	4/11	4/12	4/13	4/14
恬恬	連鞭	喨仔	唱歌	啥人	櫻花	見本

4/15	4/16	4/17	4/18	4/19	4/20	4/21
告白	註定	愛	戲	糊塗	海角	看破

4/22	4/23	4/24	4/25	4/26	4/27	4/28
啉茶	破豆	交心	佯生	詭計	時行	歌

4/29	4/30					
放伴	相佮					

五月
Gōo-gué̍h

		5/1	5/2	5/3	5/4	5/5
		無論	雨	遙遠	橫直	原來
5/6	5/7	5/8	5/9	5/10	5/11	5/12
猶有	摸飛	四界	小路	凡勢	蒙罩	洞房
5/13	5/14	5/15	5/16	5/17	5/18	5/19
牽連	遠遠	毋知	當時	雲	自在	溪水
5/20	5/21	5/22	5/23	5/24	5/25	5/26
風吹	願望	浮沉	江湖	風聲	翻身	雄雄
5/27	5/28	5/29	5/30	5/31		
越頭	按算	眾生	日子	熱天		

六月
La̍k-gue̍h

					6/1	6/2
					鐵馬	精神
6/3	6/4	6/5	6/6	6/7	6/8	6/9
Gâu 早	有風	冊頁	無疑悟	算數	人情	猶原
6/10	6/11	6/12	6/13	6/14	6/15	6/16
安靜	多謝	照路	不時	愣愣	跳舞	神神
6/17	6/18	6/19	6/20	6/21	6/22	6/23
解脫	野花	你	肉圓	敢是	尊存	心悶
6/24	6/25	6/26	6/27	6/28	6/29	6/30
火車	田園	影跡	厝鳥	臭賤	妖嬌	南風

七月
Tshit-guéh

7/1	7/2	7/3	7/4	7/5	7/6	7/7
起碇	太平洋	足久	上帝	想你	衫	歹勢
7/8	7/9	7/10	7/11	7/12	7/13	7/14
情火	順風	故鄉	有時	飽滇	逐工	祝福
7/15	7/16	7/17	7/18	7/19	7/20	7/21
歸宿	曆	樸實	恬靜	閃爍	窗前	芳味
7/22	7/23	7/24	7/25	7/26	7/27	7/28
熱情	攬抱	山	情義	喜樂	平安	結子
7/29	7/30	7/31				
溫柔	早起	有光				

八月
Peh-guéh

			8/1	8/2	8/3	8/4
			生活	確實	寶惜	因緣
8/5	8/6	8/7	8/8	8/9	8/10	8/11
鬥陣	拍拚	將來	愛你	情意	戀歌	滿滿
8/12	8/13	8/14	8/15	8/16	8/17	8/18
慈悲	本心	透露	清楚	無常	風颱	運命
8/19	8/20	8/21	8/22	8/23	8/24	8/25
笑容	出日	好天	團圓	窗內	燈火	照著
8/26	8/27	8/28	8/29	8/30	8/31	
輪迴	茫茫	頂真	吹散	干焦	心情	

九月
Káu-gueh

						9/1
						寫字
9/2	9/3	9/4	9/5	9/6	9/7	9/8
按怎	夢想	常在	河邊	嘻嘩	秋涼	暗暝
9/9	9/10	9/11	9/12	9/13	9/14	9/15
人影	心事	保重	全款	紅塵	疼惜	性命
9/16	9/17	9/18	9/19	9/20	9/21	9/22
毋甘	秋風	美妙	蝴蝶	花草	景緻	微微
9/23	9/24	9/25	9/26	9/27	9/28	9/29
欣羡	生死	珍惜	風騷	創治	使弄	挰窗
9/30						
戇神						

十月
Tsa̍p-gue̍h

	10/1	10/2	10/3	10/4	10/5	10/6
	細膩	認份	蠻皮	重頭	聲嗽	心腸
10/7	10/8	10/9	10/10	10/11	10/12	10/13
應聲	彼岸	步數	心爽	烏白	眞理	痴情
10/14	10/15	10/16	10/17	10/18	10/19	10/20
學飛	展翼	戀人	批	拜託	起家	安心
10/21	10/22	10/23	10/24	10/25	10/26	10/27
行路	本底	意外	浮動	開破	霧霧	未來
10/28	10/29	10/30	10/31			
實在	應該	島國	願夢			

十一月
Tsa̍p-it-gue̍h

				11/1	11/2	11/3
				繼續	要意	氣味
11/4	11/5	11/6	11/7	11/8	11/9	11/10
石頭	規心	譬相	尊嚴	感動	有愛	理路
11/11	11/12	11/13	11/14	11/15	11/16	11/17
滋味	山海	迷人	金金	轉來	同齊	光批
11/18	11/19	11/20	11/21	11/22	11/23	11/24
有夢	暝尾	聽候	拍結	記號	額頭	獎狀
11/25	11/26	11/27	11/28	11/29	11/30	
傷痕	風湧	海	心窗	探頭	曆日	

十二月
Tsa̍p-jī-gue̍h

						12/1
						散步
12/2	12/3	12/4	12/5	12/6	12/7	12/8
走揣	貓霧光	鏡	寂寞	天光	擔頭	拋荒
12/9	12/10	12/11	12/12	12/13	12/14	12/15
寒人	浪流連	向望	功課	鹽	春夢	愛情
12/16	12/17	12/18	12/19	12/20	12/21	12/22
翼股	月光	青春	世界	風景	記持	數念
12/23	12/24	12/25	12/26	12/27	12/28	12/29
喙脣	風	綿爛	斷崖	覺悟	知影	天星
12/30	12/31					
露水	勇氣					

It-guéh

It-guéh 1 | 大海

挽一粒天星，送 hōo 你
稀微 ê 暗暝，心
就曠闊，bē 躊躇礙虐

挽（bán）：「摘取」。
hōo：予，「給」。
bē：袂，「不」。
躊躇（tiû-tû）：「猶疑」。
礙虐（ngāi-gioh）：「尷尬」。

It-guėh 2 | 曠闊

是我 ê 心，抑是你 ê 情
天 ê 胸坎仔，歲月懵懂
不時，和咱走相逐

懵懂（bóng-tóng）:「無知不明事理」。
相逐（sio-jiok）:「互相追逐」。

It-gúeh

3 | 歲月

年年好年，日日好日
過往 ê 家己，就留 tī 過往
每一巡皺痕，若花挂開

tī：佇，「在」。
巡（sûn）：量詞，「道」。
皺痕（jiâu-hûn）：「皺紋」。
挂（tú）：「剛剛」。

It-guéh
4 | 皺痕

輕輕仔問你，用詩
花 ê 目屎，有偌濟情意
溪河掣流，時間 ê 心事

偌濟（luā-tsē）：「多少」。
掣流（tshuah-lâu）：「急流」。

It-guéh

5 | 溪河

一幕一幕，人生光景
慢慢飛入去你目睭
風吹開，我 ê 憢疑

目睭（ba̍k-tsiu）：「眼睛」。
憢疑（giâu-gî）：「懷疑」。

It-gueh
6 | 人生

逐蕊故事，攏咧落雨
等待主人，展開雨傘
歡喜，kā 天托咧

逐蕊（ta̍k-luí）：「每一朵」。
攏（lóng）：「都」。
kā：共，「將」。
托（thuh）：「支撐」。

7 | 等待

雨落著時，kā 家己 ê 心
開 kah 上媠
一隻蝶仔，飛過窗前

著時（tiòh-sî）：「時機剛好」。
kah：甲，「到」。
媠（suí）：「漂亮」。
蝶仔（iàh-á）：「蝴蝶」。

It-guèh
8 | 蝶仔

你 ê 妖嬌美麗,總是
撆 bē 振動,虛名假相
世間,敢一隻落翼仔?

撆(iàt):「搧動」。
bē:袂,「不」。
落翼仔(làu-sit-á):「折翼的鳥,常
指非法性交易的少女」。

9 | 虛名

無論你按怎假仙
鬍鬚,拋捙輪
詩若出劍,茫霧盡散

按怎(án-tsuánn):「怎樣」。
拋捙輪(pha-tshia-lin):「翻筋斗」。

It-gueh
10 | 假仙

假影做天頂 ê 雲
假影做一粒山，你 ê 名
寫 tī 遐，幸福做伴

tī：佇，「在」。
遐（hia）：「那裡」。

是風，吹開阮心肝
雲嘛來盤撋，遙遠坎坷
孤單，也歡喜行

盤撋（puânn-nuá）：「交往陪伴」。

It-guèh
12 | 歡喜

窗仔，目睭擘金 ê 時
一條溪河，流入來心內
有山 ê 味，海 ê 記持

擘（peh）：「打開」。
記持（kì-tî）：「記憶」。

It-guéh

13 | 目睭

遠遠，一隻渡鳥飛過
翼股裡，有雪 ê 故事
走揣一寡仔，溫暖 ê 聲

翼股（sit-kóo）:「翅膀」。
揣（tshuē）:「尋找」。

It-gueh
14｜故事

有風聲，無看影
風聲你來我夢中眠夢
花開，敢有影？

敢（kám）：「難道」。

It-guéh 15 | 有影

有詩 ê 所在
就是徛家，母語
溫暖，有聲

徛家（khiā-ke）：「住家」。

It-gueh
16 | 倚家

Tī 遮，詩 ê 厝誠大
眠夢誠 kheh
幸福，毋捌失禮

tī：佇，「在」。
kheh：映，「擁擠」。
毋捌（m̄-bat）：「不曾」。

| # 失禮

愛你傷濟，世界傷狹
不時和寂寞相拄頭
恬靜 ê 聲，著愛斟酌聽

傷（siunn）：「太過」。
狹（éh）：「狹窄」。
拄（tú）：「遇見」。
恬靜（tiām-tsīng）：「寧靜」。
斟酌（tsim-tsiok）：「仔細、注意」。

It-gueh
18 | 斟酌

你行過阮目墘 ê 跤跡
淡薄仔凍霜，好佳哉
目睭腹腸闊，溫暖若海

目墘（bak-kînn）：「眼眶」。

| # 凍霜

玻璃窗仔，有夠鹹
kā 分一寡仔月光，都無通
無，家己起火來做夢

凍霜（tàng-sng）:「結霜、吝嗇」。
鹹（kiâm）:「鹹、吝嗇」。
kā：共，「將」。
分（pun）:「乞討」。

It-gue̍h
20 | 家己

明明知影，夜深露水澹
ㄅ工，躼落茫茫情海
你，你你你，tī佗位？

澹（tâm）：「溼潤」。
ㄅ工（thiau-kang）：「故意」。
躼（liâu）：「涉水」。
tī：佇，「在」。
佗位（tó-uī）：「哪裡」。

ㄐㄧ

激顛顛，管待伊天崩地裂
傷痕，就交 hōo 時間治療
愛 ê 目神，囥心肝頭

激顛顛（kik-thian-thian）：「裝瘋賣傻」。
裂（lih）：「撕裂」。
hōo：予，「給」。
囥（khǹg）：「置放」。

It-guéh
22 | 時間

飛過山飛過河飛過海

對手指頭仔縫流過

我 ê 驚惶，死 tī 昨暝眠夢

縫（phāng）：「縫隙」。

tī：佇，「在」。

昨暝

終其尾，雨輾落來矣
三魂七魄，洗清氣
天 ê 目睭，有思慕 ê 光

終其尾（tsiong-kî-bué）：「最後」。
輾（liàn）：「滾落」。

It-guéh
24 | 思慕

你目睭 ê 雨聲
一聲一聲，落 tī 阮心肝
遠遠看，干焦風 ê 名

tī：佇，「在」。
干焦（kan-na）：「只」。

雨聲

有聲無影，你 ê 跤跡
我 ê 躊躇，敢是運命？
多情世界永遠是戀歌

跤跡（kha-jiah）：「足跡」。
躊躇（tiû-tû）：「猶豫」。
敢（kám）：「難道」。

It-guéh
26 | 永遠

有一葩火，tī 心肝底
欲化未化，戀夢
愛有才調，食一世人

tī：佇，「在」。
欲（beh）：「想要」。
化（hua）：「熄滅」。

匀匀仔燃，眠夢
沓沓仔燒烙，寒人暗暝
用詩做酒，敬你一杯春天

燃（hiânn）：「燒」。
沓沓仔（ta̍uh-ta̍uh-á）：「慢慢地」。
燒烙（sio-lō）：「暖和」。
寒人（kuânn--lâng）：「冬天」。

It-guéh
28 | 酒

是一蕊玫瑰，心花開
是你 ê 目睭咧陷眠
日頭沙微沙微，好笑神

陷眠（hām-bîn）:「做夢、說夢話」。
沙微（sa-bui）:「朦朧不清」。

| | 玫瑰 |

Kā 詩種 tī 你拋荒 ê 目睭
思念一寸，伊就大一尺
是講，緊來揣我啦

kā：共，「把」。
tī：佇，「在」。
拋荒（pha-hng）：「荒蕪」。
揣（tshuē）：「尋找」。

It-guéh
30 | 伊

心，落雪 ê 時
是世界堅凍 ê 時，拚命
發穎，hōo 寂寞做日頭

堅凍（kian-tàng）：「凝凍」。
發穎（puh-ínn）：「發芽」。
hōo：予，「給」。

發穎

Tī 無人 ê 暗暝，目神
弓出一粒霜露，化做天星
花窗，免講有戀夢

發穎（puh-ínn）：「發芽」。
tī：佇，「在」。
弓（king）：「撐開」。

二月

Jī-gúeh

Jī-gueh
1 | 無人

山路，大寒
落葉，是紅色膨紗衫
我覕 tī 你胸坎仔，孵卵

覕（bih）：「躲藏」。
tī：佇，「在」。
孵卵（pū-nñg）：「孵蛋」。

Jī-gueh

2 | 膨紗衫

一針一線，花 ê 心情
世界無偌大，咱
相愛 ê 心，哪紩 bē 峇？

紩（thīnn）：「縫補」。
bē：袂，「不」。
峇（bā）：「密合」。

3 | 心

無才調分類無才調回收
koh 擲 bē 掉，焦蔫 ê 愛情
掛 tī 樹頭，等月娘行過

koh：閣，「又」。
擲（tàn）：「丟擲」。
bē：袂，「不」。
焦蔫（ta-lian）：「枯萎」。
tī：佇，「在」。

Jī-guėh
4｜月娘

微微仔笑，寒天就 bē 寒
堅凍 ê 心，開始消溶
阮目睭裡有你目睭

堅（kian）：「凝結」。
溶（iûnn）：「溶解」。

| 開始

勇敢去戀愛,予花大開
這个世界,遐爾多情
性命囥咧拋荒,真無彩

遐爾(hiah-nī):「那麼」。
囥(khǹg):「放置」。
拋荒(pha-hng):「荒蕪」。

Jī-gue̍h
6 | 無彩

春風一直吹
嘛吹 bē 精神，阮 ê 夢
無疑悟，愛情是你奴隸

bē：袂，「不」。
無疑悟（bô-gî-ngōo）：「想不到」。

7 | 奴隸

我，飼兩隻貓仔
一隻是我家己
另外一隻，號做詩

奴隸（lôo-lē）：「奴隸」。
家己（ka-tī）：「自己」。

Jī-guéh
8 | 詩

定著愛有 lān-pha
尊嚴，毋通家己 thún 踏
一枝草一點露

---

lān-pha：羼脬，「陰囊」。
thún 踏（thún-táh）：跆踏，「糟蹋」。

Jī-gueh

9 | 定著

咱，目屎註定會相逢
tī 愛情崩山進前
結一段美滿，露水姻緣

定著（tiānn-tióh）:「一定」。
tī：佇，「在」。

Jī-guéh
10 | 美滿

幸福，一世人 ê 代誌
渡鳥輕輕飛過水面
有影無影，天地恩情

代誌（tāi-tsì）：「事情」。

Jī-guéh 11 | 天地

闊莽莽，我 ê 胸坎仔
kā 山 ê 夢想，弓 kah 上大
你若是雲，有閒來坐

kā：共，「把」。
弓（king）：「撐開」。
kah：甲，「到」。

Jī-guéh
12 | 有閒

定著是一種幸福
日子恬靜，心肝清朗
用詩和家己，泡一鈷茶

恬靜（tiām-tsīng）：「寧靜」。
家己（ka-tī）：「自己」。
鈷（kóo）：量詞，「茶壺的單位」。

| 茶

有時，是一片月光
有時一蕊眠夢，有時
漂浪做海，等你來

Jī-gue̍h
14 | 等你

Tī 心內上深上深 ê 所在
寫一首詩，hōo 時間變酒
食老，做伙啖糝一下

tī：佇，「在」。
hōo：予，「給」。
啖糝（tām-sám）：「消遣式的淺嚐解饞」。

| # 做伙

啉一杯茶，hōo 風
匀匀仔吹，時間才 bē 傷悲
懵懂青春，飛過阮目睭

啉（lim）：「喝」。
hōo：予，「給」。
bē：袂，「不」。
懵懂（bóng-tóng）：「無知不明事理」。
目睭（ba̍k-kînn）：「眼眶」。

Jī-gúeh
16 | 懵懂

少年時，毋知死
花直直開，拚命寫詩
惜情愛婿，管伊烏雲滿天

毋（ṃ）：「不」。
婿（suí）：「漂亮」。

愛媠

毋驚流鼻水，就喝聲
春天暗暝，遐爾寒
咱，kā 眠夢當做被單

媠（suí）：「漂亮」。
喝（huah）：「叫喊」。
遐爾（hiah-nī）：「那麼」。
kā：共，「把」。

Jī-guéh

18 │ 被單

有你 ê 味有笑容有目屎
毋甘曝日也著曝
啊思念,反身嘛是思念

曝(phak):「曬」。
反身(píng-sin):「翻身」。

曝日

Hōo 全世界 ê 怨妒焦蔫
善念，就 bē 生菇
鬱卒 ê 時，擔頭看天

hōo：予，「給」。
焦蔫（ta-lian）：「枯萎」。
bē：袂，「不」。
擔頭（tann-thâu）：「抬頭」。

Jī-guéh
20 | 看天

上蒼，茫茫渺渺
向頭，世間紛紛擾擾
靈魂，一斤偌濟錢？

向頭（ànn-thâu）:「低頭」。
偌濟（luā-tsē）:「多少」。

| # 靈魂

揣無樹枝通歇 ê 時陣
就來靠我肩胛頭
詩免錢,做你食 hōo 粗飽

揣(tshuē):「尋找」。
hōo:予,「給」。

Jī-gue̍h
22 | 樹枝

用月光寫一首詩，美麗
暗暝，目屎揣無路 ê 時
成做你 ê 後頭厝

後頭厝（āu-thâu-tshù）:「娘家」。

Jī-guéh 23 | 無路

總是，嘛愛啉落去
人生苦酒，tī 回甘 ê 喉胿
刁故意，歡喜散步

無路（bô-lōo）：「找不到路、沒辦法、不
喜歡」。
啉（lim）：「喝」。
tī：佇，「在」。
刁故意（thiau-kòo-ì）：「故意」。

Jī-guéh
24 | 總是

一粒疼心，貼 tī 胸坎仔
管待伊世間烏暗眩
溪河寬寬仔流，勻勻仔惜

眩（hîn）：「暈眩」。
寬寬仔（khuann-khuann-á）：「慢慢地」。
勻勻仔（ûn-ûn-á）：「慢慢地」。

管待伊

花開花謝，咱照常
迌迌寫詩，憂愁操煩
就先賒 tī 天公伯 ê 數簿

迌迌（tshit-thô）：「遊玩」。
賒（sia）：「以記帳方式延後付款」。
tī：佇，「在」。

Jī-gue̍h
26 迌迌

漂浪，無了時
心，著愛轉來詩裡
肥底 hōo 厚，花才會自由

hōo：予，「給」。

Jī-gue̍h 27 | 自由

Tī 天頂飛，詩是翼股
飛過前世今生
雲 kah 月，無聲無說

tī：佇，「在」。
翼股（sit-kóo）：「翅膀」。
kah：佮，「與、和」。

Jī-gue̍h
28 | 今生

一蕊無名 ê 花，深山林內
勻勻仔，家己開家己媠
情意，寄 hōo 頂世人 ê 你

勻勻仔（ûn-ûn-á）:「慢慢地」。
家己（ka-tī）:「自己」。
媠（suí）:「漂亮」。
hōo：予，「給」。

頂世人

因緣，是漂浪 ê 海湧
浮浮沉沉 ê 心
覺悟，家己才是靠岸

家己（ka-tī）：「自己」。

Sann-gu̍eh

1 | 漂浪

青春，bē koh 轉來矣
嘛綿爛 tī 你目睭裡
探頭，等待春天花開

bē koh：袂閣，「不再」。
矣（ah）：「了」。
綿爛（mî-nuā）：「堅持執著」。
tī：佇，「在」。

2 | 花開

Tī 你 ê 眠夢裡

敢有一首詩號做愛

彩虹神神，伸入神 ê 目睭

敢（kám）：疑問副詞。

彩虹（tshái-khīng）：「彩虹」。

神神（sîn-sîn）：「發呆出神」。

3 | 彩虹

勻勻仔，用詩 ê 色水
kā 重巡，畫起哩你目睭
目一 nih，就落雨矣

勻勻仔（ûn-ûn-á）:「慢慢地」。
kā:共，「把」。
重巡（tîng-sûn）:「雙眼皮」。
nih:瞨，「眨眼」。

Sann-gueh

4 | 色水

好看穤看在人看
目睭眠夢 ê 時
花，上媠上相思

穤（bái）：「醜」。
媠（suí）：「漂亮」。

5 | 相思

無藥好醫，無藥好醫
想你 ê 時山崩地裂
心海漲；詩，洘流

裂（lih）：「撕裂」。
海漲（hái-tiùnn）：「漲潮」。
洘流（khó-lâu）：「退潮」。

Sann-gu̍eh

6 | 洘流

目屎欲焦未焦，倒 tī 目墘

聽講，母語是一首詩

有情有夢，上媠

焦（ta）：「乾」。
tī：佇，「在」。
媠（suí）：「漂亮」。

聽講

你前世向望，是一尾魚仔
環遊四海了，suah 變海翁
一滴目屎，歡喜成做咱島嶼

向望（ǹg-bāng）：「期盼」。
suah：煞，「竟然」。

8 | 魚仔

泅啊泅，泅啊泅
阮愛你 ê 目神，拄著風颱
船破，骨頭毋願散

泅（siû）：「游」。
拄（tú）：「遇」。
毋（m̄）：「不」。

9 | 船

沓沓仔,駛過春夏秋冬
時間無情,伊有情
目神是月光,閃爍 ê 海湧

沓沓仔(táuh-táuh-á):「慢慢地」。

一波一波，眠夢淹來
有你頭鬃 ê 芳味，月娘
微微仔笑，天光 ê 時

頭鬃（thâu-tsang）：「頭髮」。
芳（phang）：「香味」。

11 | 頭鬃

吹過春天 ê 斡角,風
淡薄仔稀微,目尾牽詩
一句一字,攏是伊

斡角（uat-kak）:「轉角」。

Sann-gue̍h

12 │ 吹過

你目神 ê 笑容，一躊躇
心肝窟仔，落雨矣
阮 ê 歡喜，沃 kah 澹糊糊

躊躇（tiû-tû）：「猶豫」。
沃（ak）：「澆灌」。
kah：甲，「得、到」。
澹（tâm）：「溼潤」。

Sann-guéh

13 | 躊躇

跤跡一逝，寂寞海岸
有人喇問，啥物號做詩
一粒 bē 癮大漢 ê 心爾爾

躊躇（tiû-tû）:「猶豫」。
跤跡（kha-jiah）:「足跡」。
一逝（tsit tsuā）:「一行」。
bē 癮（bē-giàn）: 袂癮,「不願意」。
爾爾（niā-niā）:「而已」。

14 | 跤跡

輕鬆 ê 日鬏,掀開
山 ê 心事,樹椏咧發穎
春天,鳥隻嘛歡喜

日鬏（jit-tshiu）:「陽光」。
樹椏（tshiū-ue）:「樹枝」。
發穎（puh-ínn）:「發芽」。

15 | 掀開

你小鬼仔殼，內面 ê 愛
瘦 kah 賰一肢骨，詩
腹腸闊，包山包海

小鬼仔殼（siáu-kuí-á-khak）：「面具」。
kah：甲，「得、到」。
賰（tshun）：「剩」。

Sann-guéh
16 │ 內面

有溫暖 ê 風咧吹
你跤步,早就行過阮性命
春夏秋冬,有愛有戀夢

跤(kha):「腳」。

| # 行過

春天 ê 目墘，攏是你 ê 名
逐欉樹仔，開始數念
舊年，吱蟬 ê 叫聲

目墘（ba̍k-kînn）：「眼眶」。
逐欉（ta̍k tsâng）：「每棵」。
數念（siàu-liām）：「懷念」。
吱蟬（ki-siâm）：「蟬」。

18 舊年

彼蕊花,最近毋知好無?
燕仔,飛來做岫矣
歲月和我,猶 tī 遘牽詩

無 (bô):疑問助詞,「嗎」。
岫 (siū):「巢」。
矣 (ah):「了」。

Sann-guéh

19 | 燕仔

飛過春天了後，伊家己
嘛變春天，毛毛仔雨
落規暝，風寒心也甜甜

家己（ka-tī）：「自己」。

Sann-guéh

20 | 春天

憂愁，心內嘛有歡喜
人，免講會傷悲
烏雲裡，總是有光微微

嘛（mā）：「也」。

心內

用詩招呼，吱蟬 ê 叫聲
溫柔 ê 蟲豸，tī 遐
合奏相思，妖魔盡散

吱蟬（ki-siâm）:「蟬」。
蟲豸（thâng-thuā）:「蟲的統稱」。
tī:佇,「在」。
遐（hia）:「那裡」。

Sann-gue̍h

22 | 合奏

天地歌聲，tī 心內滾絞
是按怎，風若吹
規樹林，攏是你 ê 名

絞（ká）：「糾結」。

23 | 歌聲

輕輕仔，飛過阮窗前
一隻燕仔，bē 記得時間
pháng 見 tī 你目睭彼陣春雨

bē：袂，「不」。
pháng 見（pháng-kiàn）：phah-m̄-kìnn
合音，拍毋見，「遺失」。
tī：佇，「在」。

Sann-guéh
24 | 春雨

溫柔多情，是花 ê 私奇
我焄你去一个眞遠 ê 所在
hōo 愛情變酒，日子變少年

私奇（sai-khia）：「私房錢」。
焄　（tshuā）：「帶領」。
hōo：予，「給」。

25 | 多情

世界，是一領青春夢
新娘衫穿咧，目睭花花
若痟姬仔，直直開花

痟姬仔（siáu-ki-á）：「瘋女」。

Sann-gueh
26 新娘

胭脂紅紅，喙脣媠噹噹
用目神一直寫詩
用笑容數念，愛情 ê 甜

喙脣（tshuì-tûn）：「嘴唇」。
媠（suí）：「漂亮」。
數念（siàu-liām）：「懷念」。

27 | 胭脂

Kā 愛情畫起哩喙脣
tī 你喙顊頓一粒印仔
海水永遠 bē 焦，石頭 bē 爛

kā：共，「把」。
tī：佇，「在」。
喙顊（tshuì-phé）：「臉頰」。
頓（tǹg）：「蓋」。
焦（ta）：「乾」。

28 | 啄頓

兩蕊紅雲，飛去天頂
是你 bē 記得落山 ê 心事
我 ê 躊躇，kah 溫存

bē：袂，「不」。
躊躇（tiû-tû）：「猶豫」。
kah：佮，「與、和」。

29 | 天頂

月娘，kā 心事鋪 tī 春天
暗暝，溫暖 ê 翼股
勻勻仔飛，阮 ê 戀夢

kā：共，「把」。
tī：佇，「在」。
翼股（sit-kóo）：「翅膀」。
勻勻仔（ûn-ûn-á）：「慢慢地」。

春雨綿綿，花也綿綿
舊情綿綿，詩也綿綿
綿綿 ê 我透濫綿綿 ê 你

透濫（thàu-lām）：「摻雜」。

31 | 綿綿

情意，tī 風中咧飛
愈摸愈長，記持，無罪
世間愛恨，有花跟綴

tī：佇，「在」。
摸（giú）：「拉」。
跟綴（kin-tuè）：「跟隨」。

四月
月

Sì-guéh

1 | 跟綴

風 ê 跤跡，勻勻仔行
春天熟 kah 有賰，愛你
翼股小可憂悶，無路好轉

跟綴（kin-tuè）：「跟隨」。
kah：甲，「得、到」。
賰（tshun）：「剩下」。
翼股（sit-kóo）：「翅膀」。

Sì-gue̍h

2 │ 憂悶

愛傷濟，毋知欲分 hōo 啥人
記持一山 koh 一山，渡鳥
展開一片，多情世界

傷（siunn）：「太過」。
分（pun）：「分」。
hōo：予，「給」。
記持（kì-tî）：「記憶」。
koh：閣，「又」。

| 渡鳥

飛過千里遠，才知
情深露重，小可毋甘
眠夢，就澹澹

小可（sió-khuá）：「一些」。
澹：（tâm）：「溼潤」。

Sì-guéh 4 | 澹澹

咖啡杯仔唇，甘甜甘甜
有你 ê 喙印，莫拭掉嘿
等我 ê 喙唇心心相印

莫（mài）:「不要」。
拭（tshit）:「擦」。
喙唇（tshuì-tûn）:「嘴唇」。

5 | 喙印

永遠刻骨銘心，溫度
拄好，這世人孵一粒卵
夢有形矣，兩片花身相疊

喙（tshuì）:「嘴」。
拄好（tú-hó）:「剛好」。
孵（pū）:「孵」。
疊（tháh）:「相疊」。

Sì-gueh
6 | 花

落塗身爛，情義
成做明年美麗 ê 春天
蝶仔若飛，夢嘛颺颺飛

蝶仔（iah-á）：「蝴蝶」。
颺颺飛（iānn-iānn-pue）：「四處飛」。

7 | 美麗

月娘，恬恬無講話
目睭千言萬語，阮按算
做伙 tī 春天 ê 手寫詩

恬恬（tiām-tiām）：「靜靜」。
阮（guán）：「我們」。
tī：佇，「在」。

Sì-guéh 8 | 恬恬

行過愛情 ê 海岸
寂寞，留落來跤跡兩逝
心是海，連鞭遠連鞭近

兩逝（nn̄g tsuā）：「兩行」。
連鞭（liâm-mi）：「立刻、馬上」。

9 | 連鞭

詩來 ê 時，愛會記得嘿
kā 窗仔拍開，koh 掛一粒
噭仔，hōo 風揣有路好轉

連鞭（liâm-mi）：「立刻、馬上」。
kā：共，「把」。
koh：閣，「又」。
噭仔（liang-á）：「鈴鐺」。
hōo：予，「給」。

Sì-gue̍h
10 | 喉仔

輕輕唱歌，蝶仔 kā 春天
撲振動，月娘大笑一聲
昨暝天頂，故事破一空

撲（ia̍t）：「搧動」。

Sì-gueh 11 | 唱歌

若燕仔 ê 聲，軟絲軟絲
春天目神，tī 海裡閃爍
啥人 ê 心事，交落去

tī：佇，「在」。
交落（ka-làuh）:「遺失」。

Sì-gue̍h

12 啥人

Tī 橋頂唱歌，假影溪水
流去你窗前，你心肝
一擔頭，櫻花落塗無聲

擔頭（tann-thâu）:「抬頭」。
塗（thôo）:「土」。

Tī 你性命裡,開一蕊
圓滿,春天蔫去 ê 時
色水,就留 hōo 詩做見本

tī:佇,「在」。
蔫 (lian):「枯萎」。
hōo:予,「給」。
見本 (kiàn-pún):「樣本」。

Sì-guéh
14 | 見本

結 tī 胸坎仔,愛情
咇咇掣,驚聽著阮心跳
時間,kā 天地告白 ê 聲

結(kat):「繫」。
咇咇掣(phih-phih-tshuah):「發抖」。
kā:共,「把」。

Sì-guéh

15 | 告白

偸偸寫 tī 詩裡，就註定
和你牽連一世人，孤單
永遠，一隻斷翼 ê 鳥仔

tī：佇，「在」。
翼（sit）：「翅膀」。

Sì-gue̍h 16 | 註定

風 kah 風 ê 溫柔，搝做
一條紅絲仔線，愛
久久長長，無伴也快活

kah：佮，「與、和」。
搝（giú）：「拉」。

Tī 黃昏 ê 水邊,等你
春天拄老,戲毋甘煞
詩 tī 花裡,愈牽愈長

tī:佇,「在」。
拄(tú):「剛剛」。
煞(suah):「結束」。

Sì-gueh

18 │ 戲

Tī 台頂搬，tī 台跤演

悲歡歲月，糊塗人生

一齣 koh 一齣，永遠 bē 煞

搬演（puan-ián）：「搬演」。

koh：閣，「再、又」。

bē 煞（bē suah）：袂煞，「不停止」。

Sì-gue̍h

19 | 糊塗

彼个人，哪未來？
阮已經等三生七世矣
一躊躇，就天涯海角

矣（ah）：「了」。
躊躇（tiû-tû）：「猶豫」。

海角

天邊，一蕊懶屍 ê 雲

攲 tī 遐，繁華富貴看破

遠遠一隻船，無愛靠岸

懶屍（lán-si）：「懶散」。

攲（thenn）：「半躺」。

tī：佇，「在」。

遐（hia）：「那裡」。

看破

世事，功利聲名
只不過過眼雲煙，用心
好好仔啉茶，好好寫詩

啉（lim）：「喝」。

Sì-gue̍h

22 啉茶

清心通腹腸，恬靜
和家己坐落來，破豆
欶氣喘氣，一个了悟爾爾

恬靜（tiām-tsīng）:「寧靜」。
破豆（phò-tāu）:「聊天」。
欶（suh）:「吸」。
爾爾（niā-niā）:「而已」。

Sì-guéh
23 | 破豆

交心，和這个多情世界
罔講罔話仙，就是人生
詩，一波一波 ê 海湧

破豆（phò-tāu）：「聊天」。
罔（bóng）：「姑且、將就」。
話仙（uē-sian）：「閒扯」。

Sì-gueh 24 │ 交心

破腹相見，莫 koh 佯生矣
人生短短，無幾个春天
鼻芳，hōo 愛轉來身邊

koh：閣，「再、又」。
佯生（tènn-tshenn）：「裝蒜」。
矣（ah）：「了」。
hōo：予，「給」。

佯生

假悾假戇，是風 ê 詭計
kā 心花吹開，就無影跡
啥人 ê 目睭，咧落雪

佯生（tènn-tshenn）：「裝蒜」。
悾（khong）：「憨傻」。
戇（gōng）：「憨傻」。
kā：共，「把」。

四月

Hōo 人拆破，風 ê 白賊話
吊 tī 竹篙，曝乾
一領一領，時行新娘衫

hōo：予，「給」。
tī：佇，「在」。
曝乾（phȧk-kuann）：「曬成乾燥的食品」。
時行（sî-kiânn）：「流行、時髦」。

Sì-guéh
27 | 時行

用詩來散步，看樹影
聽鳥仔聲，學山 ê 母語
唱歌，綴風，迵入心肝

時行（sî-kiânn）:「流行、時髦」。
綴（tuè）:「跟隨」。
迵（thàng）:「通往」。

Sì-gueh
28 | 歌

四月

蹛 tī 阮心肝，有風有雨
有霧有日頭光，定著
永遠欠一首詩，相放伴

蹛（tuà）：「住」。
tī：佇，「在」。
放伴（pàng-phuānn）：「互相替代支援」。

| # 放伴

互相相伨盤撋，咱 ê 夢
才 bē 拋荒，心酸酸
是講，阮暗暝 ê 月光咧？

放伴（pàng-phuānn）：「互相替代支援」。
相伨（sio-thīn）：「相挺」。
盤撋（puânn-nuá）：「交往陪伴」。
bē：袂，「不」。
拋荒（pha-hng）：「荒蕪」。

Sì-gue̍h 30 | 相佮

Tī 苦難 ê 時，才看會著
眞心，無論花開花謝
愛你 ê 溪河，溫暖 bē 焦

tī：佇，「在」。
焦（ta）：「乾」。

Gōo-gúeh

Gōo-gue̍h

1 無論

風抑是雨，攏行 tī 彼條
詩 ê 坎坷路，寂寞歡喜
恬靜渡過人生 ê 苦楚

抑是（iah-sī）：「或者」。
tī：佇，「在」。

Gōo-guéh

2 ︳雨

五月

有梅仔 ê 清芳,勢面
愈來愈粗,你猶 tī
遙遠 ê 路途,攏山 ê 味

芳(phang):「香味」。
勢面(sè-bīn):「情勢」。

3 | 遙遠

是啥款滋味？橫直
看 bē 著你 ê 心，涵涵滴
有愛無愛，五月 ê 雨

橫直（huâinn-tit）:「反正」。
bē：袂,「不」。
涵涵滴（tshâp-tshâp-tih）:「水滴落貌」。

Gōo-gúeh

4｜橫直

五月

婚穤攏是一世人，花謝
花開，毋是原來 ê 花矣
無，咱做伙 koh 青春一擺

婚穤（suí-bái）：「美醜」。
koh：閣，「再、又」。

Gōo-gueh
5 | 原來

雨裡，猶有春天 ê 溫柔
連山都毋甘，目箍澹澹
害矣，哪攏你 ê 形影？

猶有（iáu-ū）：「還有」。
毋甘（m̄-kam）：「捨不得」。
目箍（bak-khoo）：「眼眶」。
澹（tâm）：「溼潤」。

6 | 猶有

你 ê 情我 ê 愛，tī 天頂
摸飛，這是啥面腔？
一蕊雲，雄雄 suah 起歹勢

tī：佇，「在」。
摸飛（moo-hui）：「四處玩耍」。
suah：煞，「竟然」。

Gōo-gueh
7 | 摸飛

四界拋拋走，我變做詩
揣一个頂世人 ê 家己
kah 你，成做未來 ê 我

摸飛（moo-hui）：「四處玩耍」。
揣（tshuē）：「尋找」。
kah：佮，「與、和」。
成（tsiânn）：「成為」。

四界

攏是油桐花 ê 屍體啊
咱愛 ê 小路，神神
美麗多情，又 koh 哀愁

神神（sîn-sîn）：「發呆」。
koh：閣，「再、又」。

9│小路

彎彎斡斡，目神凡勢
迵去你心肝窟仔
阮眠夢落 tī 遐，沐沐泅

斡（uat）：「轉彎」。
凡勢（huān-sè）：「或許」。
迵（thàng）：「通往」。
tī：佇，「在」。
沐沐泅（bók-bók-siû）：「泅泳」。

10 | 凡勢

你行來我夢中，溫存
kā 蠓罩當做新娘衫
嫁 hōo 家己，無愛插我

kā：共，「把」。
蠓罩（báng-tà）：「蚊帳」。
hōo：予，「給」。
插（tshap）：「理睬」。

蠓罩

吊 tī 靈魂 ê 洞房，盪盪搖
害我拍噗仔拍 bē 離
欲無半隻蠓，詩 suah 癢起來

蠓罩（báng-tà）：「蚊帳」。
tī：佇，「在」。
拍噗仔（phah-phok-á）：「鼓掌」。
bē：袂，「不」。
欲（hop）：「用手掌捕捉東西」。
suah：煞，「竟然」。

洞房

恩恩愛愛，嘛是修行
母語和詩，爽 kah
永遠 tī 咱性命，牽連

kah：甲，「到、得」。

| # 牽連

一世人，無才調敨放
我 ê 詩，你 ê 人
你我，遠遠近近，遠遠

無才調（bô-tsâi-tiāu）：「無法」。
敨放（tháu-pàng）：「解開」。

Gōo-guėh
14 | 遠遠

五月

彼隻孤鳥歇 tī 山頂樹枝

毋知咧想啥?翼忝矣乎?

你哪未來?心愛 ê……

tī:佇,「在」。

翼(sit):「翅膀」。

忝(thiám):「累」。

矣(ah):「了」。

乎(honnh):疑問助詞。

毋知

半暝山尾溜彼粒天星
當時才會 koh 光?阮目睭
掛 tī 你窗前,閃爍

當時 (tang-sî):「何時」。
koh:閣,「再、又」。
tī:佇,「在」。

Koh 再牽你 ê 手，散步
看雲咧飛，看溪水咧流
天地之間，恬靜無代誌

恬靜（tiām-tsīng）：「寧靜」。

| 雲

一蕊一蕊，自在，逍遙
珍惜咱來時路，hōo 世界
貼心祝福，好生好死

hōo：予，「給」。

自在

Tī 世間行踏，情義爾爾
愛家己愛別人愛全世界
用溪水做鏡，微微仔笑

tī：佇，「在」。
爾爾（niā-niā）：「而已」。

溪水

內面 ê 我，敢是我？
你 ê 目神，文文仔笑
前世今生，風吹雲散

敢（kám）：疑問副詞。

20 | 風吹

Tī 夢中飛，擔頭
一个願望，愈牽愈長
愈遠，咱，心愈倚

tī：佇，「在」。
擔頭（tann-thâu）：「抬頭」。
倚（uá）：「靠近」。

願望

變做一陣雨，滴落大海
茫茫渺渺 ê 船浮浮沉沉
愛你 ê 目神，天頂月光

Gōo-guéh
22 | 浮沉

江湖，笑看人生
kā 悲歡離合激出一杯酒
樂暢艱苦，hōo 焦啦

kā：共，「把」。
激（kik）：「釀造」。
樂暢（lók-thiòng）：「高興」。
hōo：予，「給」。
焦（ta）：「乾」。

| 江湖

風聲你變做一隻火金蛄
tī 我暗暝,閃爍,無
咱來跳舞,hōo 世界變闊

火金蛄(hué-kim-koo):「螢火蟲」。
tī:佇,「在」。
hōo:予,「給」。

五月

你來我夢中唱歌
不管按怎翻身嘛無影跡
思念 ê 魚，煎 kah 臭火焦

kah：甲，「到、得」。
焦（ta）：「乾」。

Gōo-guéh
25 | 翻身

雄雄才知，睏 kah 毋知人
暝傷深，露傷重
多情薄情，一場夢

雄雄（hiông-hiông）：「突然」。
kah：甲，「到、得」。
傷（siunn）：「太過」。

雄雄

越頭，看無你影跡
故事，一直拋捙輪
一目 nih，花落滿山嶺

越頭（uat-thâu）:「回頭」。
拋捙輪（pha-tshia-lin）:「翻筋斗」。
nih：瞬，「眨眼」。

越頭

春夢，已經四散
按算 kā 詩酒攢便，好好
款待你，kah 我 ê 一生

越頭（uat-thâu）：「回頭」。
kā：共，「把」。
攢（tshuân）：「準備」。
kah：佮，「與、和」。

按算

認眞來學，對衆生熱情
上艱苦 ê 功課，人
愛你，千世萬世 ê 輪迴

按算（àn-sǹg）：「預定、打算」。

Gōo-gueh

29 | 眾生

點著月娘昨暝 ê 心事
透早 ê 露水含一粒毋甘
目箍紅紅，看日子掣流

著（tȯh）：「燃燒」。
含（kâm）：「把東西放在口中」。
目箍（bȧk-khoo）：「眼眶」。
掣流（tshuah-lâu）：「急流」。

安靜無聲，碾過囡仔時
熱天，彼隻跤踏車
有吱蟬跳舞 ê 歌聲

碾（lián）：「滾壓而過」。
跤（kha）：「腳」。
吱蟬（ki-siâm）：「蟬」。

熱天

有影來矣，你 ê 鐵馬
流汗糝滴，細漢 ê 田岸
兩光兩光 ê 笑聲

矣（ah）：「了」。
糝滴（sám-tih）：「流汗的樣子」。
兩光（lióng-kong）：「散漫」。

六月

Lȧk-guėh

1 | 鐵馬

尾溜，拖一捾銅管仔
kā 時間吵精神，彼个
猴囡仔，起張無愛大漢

一捾（tsit kuānn）：「一串」。
kā：共，「把」。
起張（khí-tiunn）：「耍賴」。

Lak-guéh
2 | 精神

六月

目墘，猶有眠夢未焦
喙角輕輕搝出月娘笑容
Gâu 早！日頭光

目墘（bák-kînn）：「眼眶」。
焦（ta）：「乾」。
喙（tshuì）：「嘴」。
搝（giú）：「拉」。
gâu 早（gâu-tsá）：孽早，「早安」。

Gâu 早

我 ê 戀夢，一粒天星
遙遠 ê 山邊，等待，你
好笑神，有風微微

gâu 早（gâu-tsá）：勢早，「早安」。
好笑神（hó-tshiò-sîn）：「笑臉盈盈貌」。

4 | 有風

六月

輕輕 kā 記持吹開
故事，走來走去
我 tī 你冊頁裡，相思

kā：共，「把」。
記持（kì-tî）：「記憶」。
tī：佇，「在」。

冊頁

每一頁，攏你 ê 名
想欲 kā 咱 ê 愛情拭掉
無疑悟，雨 suah 一直寫

kā：共，「把」。
拭（tshit）：「擦拭」。
無疑悟（bô-gî-ngōo）：「想不到」。
suah：煞，「竟然」。

Lȧk-guȧh 6 | 無疑悟

花遮媠,毋通傷愛我嘿
無,足濟人會揣我算數
愛,一蕊幾箍銀?

遮(tsiah):「這麼」。
媠(suí):「漂亮」。
揣(tshuē):「尋找」。
算數(sǹg-siàu):「算帳」。
幾箍銀(kuí-khoo-gîn):「幾塊錢」。

7 | 算數

算 hōo 清嘿，欠世間
偌濟人情偌濟愛
白頭毛，用詩沓沓仔還

算數（sǹg-siàu）：「算帳」。
hōo：予，「給」。
偌濟（luā-tsē）：「多少」。
沓沓仔（tȧuh-tȧuh-á）：「慢慢地」。

8 | 人情

世事捌 bē 透，黃酸仔雨
咧揣一个溫暖 ê 聲嗽
時間，猶原吵吵鬧鬧

捌（bat）：「認識」。
bē：袂，「不」。
黃酸仔雨（ n̂g-sng-á-hōo ）：「梅雨」。
揣（tshuē）：「尋找」。

| 猶原

一个人，過日子聽雨聲
安安靜靜，寫詩
看家己 ê 影

家己 (ka-tī)：「自己」。

Lȧk-guȧh
10 | 安靜

有淡薄仔光，日頭
敢若出來矣，多謝你
苦憐我，靠詩渡生活

敢若（kánn-ná）：「好像」。
矣（ah）：「了」。

多謝

詩來照路，上暗 ê 暝
畫出一片好景緻，咱
性命開始有色水

咱（lán）：「我、我們」。

Lȧk-guȧh
12 | 照路

是天星抑是火金蛄

攏無要緊啦，橫直眠夢

不時咧癢，烏白想

橫直（huâinn-tit）：「反正」。

癢（tsiūnn）：「搔癢」。

不時

愣愣看天，無講話
雄雄 bē 記得幸福 ê 滋味
月娘恬恬，掛 tī 目墘

愣愣（gāng-gāng）：「發呆」。
bē：袂，「不」。
恬恬（tiām-tiām）：「靜靜」。
tī：佇，「在」。
目墘（bȧk-kînn）：「眼眶」。

Làk-guéh

14 | 愣愣

六月

看著一蕊目睭咧跳舞
烏暗靈魂，沓沓仔出日
你身軀，是彩色 ê 海

沓沓仔 (táuh-táuh-á)：「慢慢地」。

Lak-guéh 15 | 跳舞

神神 ê 時，suah 行入去
茫茫來時路，薄薄 ê 影
風吹水流，雲飄散

神神（sîn-sîn）：「發呆」。
suah：煞，「竟然」。

神神

Kā 家己放 bē 記得
嘛是一種解脫，親像風
吹過你面肉，恬恬無聲

kā：共，「把」。
bē：袂，「不」。

解脫

執迷，一念之間
一蕊野花恬靜自在飄落
世間痴情，水底雲影

恬靜（tiām-tsīng）：「寧靜」。

18 | 野花

六月

聽講伊是天星 ê 目睭
偷偷仔，落 tī 你心肝窟
昨暝，猶有美麗 ê 雨聲

落 (lak)：「掉落」。
tī：佇，「在」。

19 | 你

講欲 kā 台灣肉圓食透透
才拄行開跤,故鄉
就 tī 心肝頭,結規丸

欲(beh):「想」。
kā:共,「把」。
拄(tú):「剛」。
跤(kha):「腳」。
tī:佇,「在」。

肉圓

上遙遠 ê 敢是看有食無？
是你蹛 tī 番薯粉裡
一粒油漉漉 ê 心

蹛（tuà）：「住」。
油漉漉（iû-lok-lok）：「油膩的樣子」。

| # 敢是

風，無 kā 咱尊存？
是你，飛去足遠足遠
雄雄，koh 將花吹開

kā：共，「把」。
尊存 (tsun-tshûn)：「尊重」。
koh：閣，「再、又」。

尊存

你有無愛我 ê 自由
我猶原，愛這个世界
心悶，kah 你無底代

kah：佮，「與、和」。
無底代（bô-tī-tāi）：「沒關係」。

| 心悶

囡仔時，火車天頂飛
阮目睭，已經花花花
詩，萬歲；愛情無罪

心悶（sim-būn）：「憂愁、思念」。
囡仔（gín-á）：「孩童」。

火車

恬恬行入去往過 ê 熱天
天闊雲清，田園媠
記持 hōo 風，搝 kah 長長長

恬（tiām）:「安靜」。
媠（suí）:「漂亮」。
hōo:予,「給」。
搝（giú）:「拉」。
kah:甲,「到、得」。

田園

一逝澹溼 ê 影跡
溝仔岸，記持淡薄仔疼
詩，是毋是褪赤跤？

一逝（tsit tsuā）：「一行」。
澹（tâm）：「溼潤」。
記持（kì-tî）：「記憶」。
褪赤跤（thǹg-tsiah-kha）：「赤腳」。

慢慢，hōo 風拭掉
青春，是曆鳥 ê 翼股
狡怪，又 koh 蠻皮

hōo：予，「給」。
拭（tshit）：「擦」。
翼股（sit-kóo）：「翅膀」。
狡怪（káu-kuài）：「頑皮」。
koh：閣，「再、又」。
蠻皮（bân-phuê），「固執」。

厝鳥

Tī 窗仔墘，跳來跳去
臭賤 ê 目神 kā 你衫掀開
阮 ê 心事，看現現

---

tī：佇，「在」。

窗仔墘（thang-á-kînn）：「窗邊」。

臭賤（tshàu-tsiān）：「卑賤、頑皮」。

kā：共，「把」。

28 | 臭賤

啊，詩猶原用妖嬌 ê 手
愛伊美麗 ê 島國
對頭 kā 摸到尻川尾

尻川（kha-tshng）：「屁股」。

妖嬌

多情是伊運命，南風
一直吹，暗暝誠熱
詩無穿衫，koh 小可流汗

誠（tsiânn）：「很」。
koh：閣，「再、又」。
小可（sió-khuá）：「一些」。

南風

六月

唱一首歌，幸福滿滿

歡喜，tī 船頭綿爛生湠

戀夢起碇，快樂出帆啦

tī：佇，「在」。

綿爛（mî-nuā）：「堅持」。

湠（thuànn）：「繁衍」。

起碇（khí-tiānn）：「拔錨、啟程」。

七月

Tshit-gueh

Tshit-guéh

1 | 起碇

向前行，世界遐爾闊
詩是太平洋咧擛手
再會啊，鬱卒 kah 憂愁

起碇（khí-tiānn）：「拔錨、啟程」。
遐爾（hiah-nī）：「那麼」。
擛手（iát-tshiú）：「揮手」。
kah：佮，「與、和」。

2 | 太平洋

你好！思念總是
tī 目睭咧落雨，熱天
來足久矣，翼股哪未焦？

tī：佇，「在」。
矣（ah）：「了」。
翼股（sit-kóo）：「翅膀」。
焦（ta）：「乾」。

3 | 足久

以前，雨 kah 目屎
攏是上帝戀歌，這馬
歡喜在心，suah 唱 bē 煞

kah：佮，「與、和」。
這馬（tsit-má）：「現在」。
suah：煞，「竟然」。
bē：袂，「不」。

4 | 上帝

若蹛 tī 花 ê 心肝穎
目睭看出去，天星月光
攏是，想你 ê 暗暝

七月

蹛（tuà）：「住」。
tī：佇，「在」。
穎（ínn）：「芽」。

5 | 想你

常在睏 bē 去，落雨暝
詩，留一葩火 hōo 家己
等風，kā 衫吹開

常在（tshiâng-tsāi）：「常常」。
bē：袂，「不」。
hōo：予，「給」。
kā：共，「把」。

Tshit-gue̍h

6 │ 衫

傷花，雲尪 suah 起歹勢
kā 日頭目睭掩咧
kah 風，覕相揣

七月

雲尪（hûn-ang）：「像人形的雲」。
suah：煞，「竟然」。
掩（om）：「掩蓋」。
kah：佮，「與、和」。
覕相揣（bih-sio-tshuē）：「捉迷藏」。

7｜歹勢

阮猶原偷偷愛你
一山接一山一嶺接一嶺
情火若著，就 bē 收山

著（toh）：「燃燒」。
bē：袂，「不」。

順風勢，慢慢攻佔
寂寞 ê 山頭，僥倖喔
愛情，熱 kah 褪腹裼

僥倖（hiau-hīng）:「驚訝、遺憾或惋惜」。
kah：甲，「到、得」。
褪腹裼（thǹg-pak-theh）:「打赤膊」。

9 | 順風

嘿!若行到彩虹故鄉
替我 kā 月娘招呼
一首土地 ê 詩,平安

彩虹(tshái-khīng):「彩虹」。
kā:共,「跟、向」。

有時 tī 心內落雨，有時
月光照路，草枝瘦瘦仔
露水恩情，滴落塗

七月

tī：佇，「在」。
塗（thôo）：「土」。

有時

忝矣!放死囡仔骿

tī 山 ê 目神,浮浮沉沉

心若空,靈魂就飽滇

忝(thiám):「累」。

死囡仔骿(sí-gín-á-thenn):「仰泳漂
浮」。

tī:佇,「在」。

滇(tīnn):「飽滿」。

Tshit-gueh 12｜飽滇

幸福滿滿，有風颱
吹 bē 散，眠夢有你
逐工攏好天

bē：袂，「不」。
逐工（tȧk-kang）：「每天」。

13 | 逐工

寫詩，hōo 家己 hōo 世界
一種祝福，一種祈禱
咱，拍拚 hōo 日子變好

hōo：予，「給」。
拍拚（phah-piànn）：「努力」。

逐蕊花，攏有好歸宿
夢，有風輕輕仔吹
天地儼硬，嘛軟心相隨

七月

儼硬（*giám-ngē*）：「堅定」。

15 | 歸宿

Tī 每一个人心內
有一間厝，滇滇 ê 愛
遐，永遠 ê 徛家

tī：佇，「在」。
滇（tīnn）：「滿」。
遐（hia）：「那裡」。
徛家（khiā-ke）：「家」。

Tshit-guéh

16 | 厝

七月

好額散赤，在人看
尊嚴，有夠遮風闇日
性命圓滿當中，樸實

好額（hó-giàh）：「富裕」。
散赤（sàn-tshiah）：「貧窮」。
闇（tsàh）：「擋」。

樸實

生活，綴日頭跤跡
鋪一領夢，揣淡薄仔光
恬靜，聽水聲

綴（tuè）：「跟隨」。
跤跡（kha-jiah）：「足跡」。
揣（tshuē）：「尋找」。
恬靜（tiām-tsīng）：「安靜」。

恬靜

日頭光，炤落來
愛你 ê 目睭 tī 窗仔閃爍
阮，敢著 koh 寫詩？

七月

炤（tshiō）：「照射」。
tī：佇，「在」。

閃爍

天星，睏 bē 落眠 ê 目睭
掛 tī 你窗前，相思
花開，敢若無著時

bē：袂，「不」。
tī：佇，「在」。
敢若（kánn-ná）：「好像」。
著時（tioh-sî）：「時機剛好」。

Tshit-guéh
20 | 窗前

一寡仔向望，tī 風中飛
天地之間，揣一个理路
性命有勇氣，有芳味

七月

向望（ǹg-bāng）：「希望」。
揣（tshuē）：「尋找」。

愈來愈倚近，阮
若像鼻著幸福 ê 影跡
熱情光線，恬靜心肝

倚（uá）：「靠」。
恬靜（tiām-tsīng）：「安靜」。

22 │ 熱情

定著愛 ê 啦，hōo 世界
hōo 家己，一个真心攬抱
免插伊，遐 ê 鬱卒憂愁

hōo：予，「給」。
攬抱（lám-phō）：「擁抱」。
插（tshap）：「理睬」。
遐 ê（hia-ê）：遐的，「那些」。

Tshit-guéh

23 | 攬抱

一蕊花 ê 溫暖，若像
頂世人 ê 家己，用詩
沓沓仔哺，山 ê 記持

攬抱（lám-phō）：「擁抱」。
沓沓仔（tàuh-tàuh-á）：「慢慢地」。
哺（pōo）：「咀嚼」。
記持（kì-tî）：「記憶」。

24 | 山

愛你 ê 形影，散 tī 風中
詩目箍紅紅，躡跤尾
情義，比天 koh 較懸

tī：佇，「在」。
目箍（bák-khoo）：「眼眶」。
躡跤尾（neh-kha-bué）：「踮腳尖」。
koh：閣，「再、又」。
懸（kuân）：「高」。

Tshit-gueh 25｜情義

　　註定好好矣，愛爲愛
　　操煩規世人，是講
　　操煩，嘛是喜樂嘛是愛

　　矣（ah）：「了」。

26 | 喜樂

平安就好，人生短短
是欲 koh 數想啥物？
靈魂飽滇，歌詩含目墘

koh：閣，「再、又」。
數想（siàu-siūnn）：「非分之想」。
滇（tīnn）：「飽滿」。
含（kâm）：「東西放嘴裡」。
目墘（bák-kînn）：「眼眶」。

平安

心愛 ê，花開 ê 時
會記得轉來嘿！故鄉
詩咧發穎，思念結子

發穎（huat-ínn）：「發芽」。

28 | 結子

生湠，一代 koh 一代
母語牽詩 ê 手，溫柔
島國人生，咱綿爛 kā 弓

湠（thuànn）：「蔓延」。
koh：閣，「再、又」。
綿爛（mî-nuā）：「堅持」。
kā：共，「把（它）」。
弓（king）：「撐開」。

溫柔

南風勻勻仔吹，早起
月娘，是一蕊瓊花
kā 你眠夢，囥心肝底

勻勻仔（ûn-ûn-á）：「慢慢地」。
瓊花（khîng-hue）：「曇花」。
kā：共，「把」。
囥（khǹg）：「置放」。

日頭，tī 窗仔探頭
生活，難免會心酸
未來，總是有光

七月

tī：佇，「在」。
探頭（thàm-thâu）：「伸頭、試探」。

31 | 有光

有向望，生活就輕鬆
等待一陣風，吹過心窗
寫詩眠夢，照起工

向望（ǹg-bāng）：「希望」。
照起工（tsiàu-khí-kang）：「按部就班」。

八月

Peh-guéh

Peh-guéh
1 | 生活

有風有雨，有病疼
確實咱，正港活咧
對鏡，微微仔笑一下

2 確實

性命若玻璃，誠媠
緊破，咱著寶惜
疼命命，趁花開 ê 時

八月

誠（tsiânn）：「很」。
媠（suí）：「漂亮」。
趁（thàn）：「把握時機」。

Peh-gue̍h

3 | 寶惜

這个因緣，咱和世界
腰著掌 hōo 直，勻勻仔
用哀愁，kā 智慧晟大漢

掌（thènn）：「撐」。
hōo：予，「給」。
kā：共，「把」。
晟（tshiânn）：「扶養」。

Peh-guėh
4 │ 因緣

一條線，就 kā 咱牽鬥陣
世界闊莽莽，詩嘛是
行家己 ê 路，毋驚風雨

八月

闊莽莽（khuah-bóng-bóng）：「寬闊貌」。
家己（ka-tī）：「自己」。

鬥陣

做伙拍拚，沓沓仔行

風雨若過，咱就出頭天

母語覕 tī 詩裡，金金看

拍拚（phah-piànn）：「努力」。

沓沓仔（táuh-táuh-á）：「慢慢地」。

覕（bih）：「躲藏」。

tī：佇，「在」。

拍拚

為島國 ê 將來，寫詩
貼 tī 你每一寸傷心塗肉
學海 ê 聲嗽，天 ê 曠闊

塗肉（thôo-bah）：「土壤」。
聲嗽（siann-sàu）：「氣息」。

將來

無論人按怎譬相，阮
猶原愛你，母語有尊嚴
靈魂 tī 爛塗裡開花

譬相（phì-siùnn）：「鄙視」。
tī：佇，「在」。
塗（thôo）：「土壤」。

愛你

永遠無後悔，咱島嶼

千千萬萬世 ê 情意

tī 阮血跡，牽詩生藤

血跡（hueh-jiah）：「血脈、血痕」。

情意

匀匀仔，流入去心肝
彼條溪是山 ê 戀歌
無人 ê 樹林，等你做伴

匀匀仔（ûn-ûn-á）：「慢慢地」。
彼（hit）：「那」。

戀歌

Tī 心 kah 心交接 ê 所在
跳舞，海鳥綴海咧飛
你是月光滿滿 ê 漁船

八月

tī：佇，「在」。
kah：佮，「與、和」。
綴（tuè）：「跟隨」。

滿滿

這个世界，太濟情愛
殘酷又 koh 慈悲，雨
suah 落 kah 淡薄仔稀微

濟（tsē）：「多」。
koh：閣，「再、又」。
suah：煞，「竟然」。
kah：甲，「到、得」。

Peh-gueh 12 │ 慈悲

月娘，總是 kā 咱報路
人生難免，躊躇艱苦
靠倚天神，靠倚本心

八月

kā：共，「把」。
躊躇（tiû-tû）：「猶疑」。
倚（uá）：「靠」。

本心

Tī 遐，恬靜一窟江湖
記持鋪做透露明鏡
有雨無雨，自在天堂路

tī：佇，「在」。
遐（hia）：「那裡」。
恬靜（tiām-tsīng）：「寧靜」。
記持（kì-tî）：「記憶」。

14 | 透露

一捾心事，清清楚楚
掛 tī 你目尾，司奶
免講，仙曝嘛曝 bē 焦

八月

一捾（tsit kuānn）:「一串」。
司奶（sai-nai）:「撒嬌」。
曝（phák）:「曬」。
bē：袂，「不」。
焦（ta）:「乾」。

明白，一粒疼心爾爾
世間無常，人生走跳
苦難當中揣笑容

爾爾（niā-niā）：「而已」。
揣（tshuē）：「尋找」。

Peh-gueh
16 | 無常

人生，風颱講來就來
幸福，毋是天頂彩虹
藏 tī 生活日常，恬靜

八月

彩虹（tshái-khīng）：「彩虹」。
tī：佇，「在」。
恬靜（tiām-tsīng）：「安靜」。

| 風颱

雄雄掃過阮運命，愛情
拖一條長長 ê 尾奢颺
無，你是欲按怎？

雄雄（hiông-hiông）：「突然、狠狠」。
奢颺（tshia-iānn）：「大排場、耍派頭」。

Peh-gueh

18 | 運命

敢是天註定？一个孤影

kā 詩討命，罔趁食

目屎笑容，你定著知影

八月

kā：共，「把」。

罔（bóng）：「勉強」。

趁食（thàn-tsiàh）：「營生」。

笑容

甜甜，tī 你目睭閃爍

天星 ê 媠，嘛輸伊

出日矣！鬼攏走去覕

tī：佇，「在」。

閃爍（siám-sih）：「閃亮」。

媠（suí）：「漂亮」。

覕（bih）：「躲藏」。

出日

好天矣！心內 ê 烏雲
kā 拍散，咱來去看玉山
歡喜，用詩寫伊 ê 名

八月

矣（ah）：「了」。
kā：共，「把」。
拍（phah）：「打」。

好天

有好心，就有好報
逐工，攏是好日子
唸一首詩，和家己團圓

逐工（ta̍k-kang）：「每天」。
攏（lóng）：「都」。
和（hām）：「與」。
家己（ka-tī）：「自己」。

Peh-gueh 22 | 團圓

月光暝，目睭閃爍
窗內，媠媠 ê 你
愣愣 ê 家己，花開

媠 (suí)：「漂亮」。
愣 (gāng)：「發呆」。

窗內

一葩燈火，一个人影
稀微，激出一滴相思
一首詩，suah 做大水

一葩（tsit pha）：「一盞」。
激（kik）：「釀造」。
suah：煞，「竟然」。

照著，阮性命 ê 斡角
伊，就無影無跡
月光跤，啥人咧唱歌？

八月

照著（tsiò-to̍h）：「照亮」。
斡角（uat-kak）：「轉角」。
跤（kha）：「腳」。

Peh-guéh 25 ｜ 照著

靈魂 ê 小路，寬寬仔行
炁良心，轉來外家
上暗 ê 暝，hōo 愛輪迴

著（tȯh）：「燃燒」。
炁（tshuā）：「帶領」。
外家（guā-ke）：「娘家」。
hōo：予，「給」。

Peh-guéh
26 │ 輪迴

Tī 茫茫人海，記持
一波一波，替愛情翻身
一尾鹹魚，睏 bē 落眠

八月

tī：佇，「在」。
記持 (kì-tî)：「記憶」。
bē：袂，「不」。
落眠 (lòh-bîn)：「熟睡」。

茫茫

人生，小糊塗一下
有當時仔，莫傷頂眞
殕殕霧霧，嘛是好景緻

莫（mài）:「不要」。
頂眞（tíng-tsin）:「認真不馬虎」。
殕殕（phú-phú）:「灰濛貌」。

Peh-gueh

28 | 頂眞

八月

往事，就莫 koh 話仙矣
花裡揣春天，用詩想你
聽水聲，假影 hōo 風吹散

koh：閣，「再、又」。
話仙（uē-sian）：「閒扯」。
揣（tshuē）：「尋找」。
hōo：予，「給」。

吹散

寫 tī 樹椏彼首詩,風
干焦一个溫柔手勢
心事,就掖 kah 滿滿是

tī:佇,「在」。
樹椏(tshiū-ue):「樹枝」。
干焦(kan-na):「只」。
掖(iā):「撒」。
kah:甲,「到、得」。

八月

風知影阮心情，鈴鐺仔
吊 tī 花窗，微微仔笑
愣愣，一直吐詩爾爾

愣愣（gāng-gāng）:「發呆」。
爾爾（niā-niā）:「而已」。

心情

天光矣！厺家己來散步
看風掀冊，用溪寫字
山攑手，詩才沓沓仔哺

厺（tshuā）：「帶領」。
攑（iát）：「揮動」。
沓沓仔（tȧuh-tȧuh-á）：「慢慢地」。
哺（pōo）：「咀嚼」。

九月

Káu-guéh

Káu-guéh

1 | 寫字

按怎 kā 生活刻出一首詩
hōo 逐工婧氣甘甜，筆
咧喃，這是一世人 ê 代誌

按怎（án-tsuánn）：「如何」。
kā：共，「把」。
hōo：予，「給」。
婧氣（suí-khuì）：「美麗的樣子」。
喃（nauh）：「小聲自言自語」。

Káu-guéh
2 | 按怎

來去天龍國行行踅踅咧
一寡青春夢想，埋 tī 遐
秋天矣！揣看有詩骨無？

天龍國（thian-liông-kok）：「戲稱台北市」。
踅（sėh）：「遊逛」。
tī：佇，「在」。
揣（tshuē）：「尋找」。

Káu-gueh 3 | 夢想

誠近 koh 誠遠，有時
又 koh 褪光光，你常在
tī 溫暖 ê 天邊，孵卵

koh：閣，「再、又」。
褪（thǹg）：「脫」。
常在（tshiâng-tsāi）：「時常」。
tī：佇，「在」。
孵（pū）：「用體溫使胚胎發育成形」。

4 | 常在

Tī 記持 ê 河邊，想你
渡船，來來去去
詩向望，花開著時

九月

向望（ǹg-bāng）：「盼望」。
著時（tiòh-sî）：「時機剛好」。

春夢，早就無影跡
月當圓，覕 tī 阮目睭裡
世間嘻嘩，你 tī 佗位？

覕（bih）：「躲藏」。
tī：佇，「在」。
嘻嘩（hi-hua）：「喧鬧」。
佗位（tó-uī）：「哪裡」。

Káu-gueh

6｜嘻嘩

秋涼，火炭吵吵鬧鬧
講欲和肉來團圓，月娘
幌頭，規面臭火焦味

九月

欲（beh）：「想要」。
幌頭（hàinn-thâu）：「搖頭」。

乾一杯月光，解心悶
暗暝，猶原有你 ê 溫馴
皺痕旋藤，無人問

溫馴（un-sûn）：「溫柔和順」。
皺痕（jiâu-hûn）：「皺紋」。
旋藤（suan-tîn）：「藤蔓植物攀爬蔓延」。

暗暝

秋風若吹起，彼个人影
就消瘦落肉，翼股擽矣
借問一下，愛情蹛 tī 佗？

翼股（sit-kóo）：「翅膀」。
擽（ngiau）：「癢」。
蹛（tuà）：「住」。
tī：佇，「在」。
佗（toh）：「哪裡」。

9 | 人影

遠遠，有目神閃爍
Kā 心事寫 tī 一片紅葉仔
綴你飛去海角天邊

kā：共，「把」。
tī：佇，「在」。
綴（tuè）：「跟隨」。

10 | 心事

Suah 結出一兩滴桂花 ê 芳
兩三隻蝶仔 hōo 哖來唸詩
保重嘿！早暗風涼

九月

suah：煞，「竟然」。
hōo：予，「給」。
哖（siânn）：「吸引」。

11｜保重

心愛 ê，夜深露重
詩感著，頭楞 koh 流鼻
全款有祝福，遠遠 ê 你

感著（kám--tio̍h）：「感冒」。
楞（gông）：「暈眩」。
koh：閣，「再、又」。

12 | 仝款

逐工恬恬用詩問天
咱人到底號做啥名字？
悲歡透濫，紅塵夢

恬（tiām）：「靜」。
透濫（thàu-lām）：「摻雜」。

Káu-guéh
13 | 紅塵

美夢，安歇神 ê 翼股
疼惜家己，疼惜別人
疼惜天地萬物，一世人

歇（hioh）：「休息」。
翼股（sit-kóo）：「翅膀」。

疼惜

每一蕊花開，溫暖在心
性命 tī 天頂隨緣寫真
渡鳥飛過，思念來泡茶

九月

tī：佇，「在」。

牽根生藤，毋甘記 tī 壁
你用百年身肉，恬恬
換咱島嶼一葩燈火生湠

tī：佇，「在」。
恬（tiām）：「靜」。
湠（thuànn）：「蔓延、暈散」。

16 | 母甘

一滴目屎 tī 天頂渶開
毋知歡喜抑傷悲，了悟
涾涾滴滴，秋風裡

抑（iah）：「或者」。
涾涾滴滴（tshap-tshap-tih-tih）：「雨
滴落貌」。

Káu-guèh
17 | 秋風

吹開山 ê 新衫，輕輕仔
美妙哀愁，舊年 ê 款
愛情行過，跤跡兩逝

跤跡（kha-jiah）：「足跡」。
兩逝（nñg tsuā）：「兩行」。

美妙

蝴蝶，恬靜歇 tī 遐
阮心情，是一柿紅葉仔
目尾酸酸，透天光

蝴蝶（ôo-tia̍p）:「蝴蝶」。
tī：佇,「在」。
遐（hia）:「那裡」。
柿（phuè）:量詞,「樹葉的單位、片」。

Káu-gueh 19 ｜ 蝴蝶

兩片相思，萬種風華
薄薄 ê 性命，有你身影
花草色水，永遠時行

色水（sik-tsuí）：「色彩」。
時行（sî-kiânn）：「流行」。

20 | 花草

無張持，透濫著你目神
愛情，愈來愈秋天
婧婧景緻，小可仔稀微

無張持（bô-tiunn-tî）:「不小心」。
透濫（thàu-lām）:「摻雜」。
婧（suí）:「漂亮」。
小可仔（sió-khuá-á）:「稍微」。

21 | 景緻

嬌 kah ！山裡有雲
雲裡有山，風微微笑
匀匀仔搝開，咱 ê 天地

嬌 kah（suí-kah）：嬌甲，「很漂亮」。
搝（giú）：「拉」。

微微

有光，tī 天頂尾溜溫存
一粒願夢，含水過冬
欣羨渡鳥，自由 ê 翼股

九月

tī：佇，「在」。
含（kâm）：「口中置放東西」。
翼股（sit-kóo）：「翅膀」。

Káu-guéh

23 | 欣羨

天頂 ê 雲，輕鬆無掛礙
生死冷暖，風去如來
詩，何時才全然自在？

掛礙（kuà-gāi）：「掛心」。

Káu-guéh

24 | 生死

定著攏愛珍惜，咱性命
吹來一陣自由 ê 風陪伴
風輕露重，天咧看

九月

定著（tiānn-tioh）：「一定」。
攏（lóng）：「都」。

25 珍惜

有你 ê 暗暝，天清月明
suah 懷念起彼條水流聲
焄詩來風騷，趁好天

suah：煞，「竟然」。
焄（tshuā）：「帶領」。

| # 風騷

有影無？Hōo 秋風創治
櫻花開 kah 遮大蕊
目睭金金，敢是我 ê 詩？

hōo：予，「給」。
創治（tshòng-tī）：「戲弄、欺負」。
kah：甲，「到、得」。
遮（tsiah）：「這麼」。

Káu-guèh 27 | 創治

花 ê 心意，風 kā 吹散去
使弄尾蝶仔來寫詩
夭壽！規樹林攏相思

kā：共，「把（它）」。
使弄（sái-lōng）：「唆使」。
尾蝶仔（bué-iàh-á）：「蝴蝶」。

28 | 使弄

手，一直 kā 手機仔凌遲
目睭，鑢 kah 強欲挩窗去
Hōo 詩煽動，總是為著你

九月

凌遲（lîng-tî）：「欺負虐待」。
鑢（lù）：「摩擦」。
kah：甲，「到、得」。
挩窗（thuah-thang）：「斜視」。

Káu-gueh
29 | 捊窗

爲著啥物？月光傷甜
抑是，戇神咧看你
心若拍開，花就媠

捊窗（thuah-thang）：「斜視、拉開窗」。
戇神（gōng-sîn）：「發呆」。
媠（suí）：「漂亮」。

無細膩，suah 仆落去
詩，喙脣流血流滴
是去唚著地，抑是天

九月

suah：煞，「竟然」。
仆（phak）：「仆地」。
喙脣（tshuì-tûn）：「嘴唇」。
唚（tsim）：「親吻」。

十月

Tsap-gueh

Tsáp-guéh

1 | 細膩

詩，食老著愛認份
毋通傷風神，傷奢颺
無，連鞭就變毋成囝

細膩（sè-jī）：「小心」。
奢颺（tshia-iānn）：「張揚愛出風頭」。
連鞭（liâm-mi）：「立刻、馬上」。
毋成囝（m̄-tsiânn-kiánn）：「不良少年」。

2 | 認份

好好做一个人，我 ê 詩
只不過一粒蠻皮 ê 石頭
荒郊野外，看水流

蠻皮（bân-phuê）：「頑固」。

3 | 蠻皮

所以，詩，出代誌矣
重頭學行路，一步一步
愛久久長長，寬寬仔耍

蠻皮（bân-phuê）：「頑固」。
寬寬仔（khuann-khuann-á）：「慢慢地」。
耍（sńg）：「玩」。

4 │ 重頭

學習，kā 往過放水流
未來，是這馬 ê 未來
月光總是綴日頭 ê 聲嗽

十月

kā：共，「把」。
往過（íng-kuè）：「過去」。
這馬（tsit-má）：「現在」。
綴（tuè）：「跟隨」。

Tsa̍p-gue̍h

5│聲嗽

溫柔 ê 月光，慢慢仔
kā 阮吞落，腹內看心腸
詩是命運，風吹伊就轉

聲嗽（siann-sàu）:「口氣」。
kā：共，「把」。

6│心腸

著愛掌 hōo 闊，胸坎仔
才通包山包海，擔頭
天地有應聲，幸福 tī 遐

十月

掌（thènn）：「支撐」。
hōo：予，「給」。
擔頭（tann-thâu）：「抬頭」。
tī：佇，「在」。
遐（hia）：「那裡」。

7 | 應聲

叫阮 ê 名，伊 tī 溪彼岸
講欲渡我一生，我恬靜
變做老鷹，飛過山彼爿

tī：佇，「在」。
恬靜（tiām-tsīng）：「安靜」。
彼爿（hit-pîng）：「那邊」。

Tsa̍p-gue̍h 8｜彼岸

天堂地獄，據在人看
菩提樹跤一粒閃爍覺悟
敢毋是，月娘 ê 步數？

據（kì）：「任、隨」。
樹跤（tshiū-kha）：「樹下」。
步數（pōo-sòo）：「招數」。

Tsáp-guéh

9 | 步數

世界媠 ê 啦！Hōo 愛情
變做詩 ê 寄生仔，漂浪
放蕩，清彩行人心爽

hōo：予，「給」。
寄生仔（kià-senn-á）：「寄居蟹」。
清彩（tshìn-tshái）：「隨便」。
心爽（sim-sóng）：「快活輕鬆」。

Tsàp-guèh
10 心爽

樂暢 ê 時，母通對靈魂
烏白喝價，留寡 hông 探聽
尊嚴寶惜，阮無愛賣

樂暢（lòk-thiòng）：「興奮」。
喝價（huah-kè）：「喊價」。
hông：hōo--lâng 合音，予人，「給人」。

Tsa̍p-gue̍h

11 | 烏白

是非，啥人講才有準算
真理，若像猶 koh 真遠
風唰笑，四界攏有光

koh：閣，「再、又」。
攏（lóng）：「都」。

12 │ 眞理

母是天星閃爍，是你
痴情 ê 眼神，咱島嶼
若像囡仔囝，目睭有你

囡仔囝（gín-á-kiánn）：「小孩」。
目睭（bȧk-tsiu）：「眼睛」。

Tsáp-guéh 13 | 痴情

秋風一直吹，無聲無說
人生苦楚，定著愛學飛
詩做翼股，愛是花

無聲無說（bô-siann-bô-sueh）:「默默
無語」。
翼股（sit-kóo）:「翅膀」。

學飛

天拄光，趁月娘咧眠夢
問伊人這字哪會遮沉重？
我展翼，伊笑 kah bē 振動

拄（tú）：「剛剛」。
遮（tsiah）：「這麼」。
kah：甲，「到、得」。
bē：袂，「不」。
振動（tín-tāng）：「晃動」。

| 展翼

咱做伙飛來遙遠 ê 所在
有山有海有戀夢，逐工
hōo 愛情統治，做戀人

展翼（thián-si̍t）：「展翅」。
逐工（ta̍k-kang）：「每天」。
hōo：予，「給」。
戇（gōng）：「傻」。

Tsa̍p-gué̍h
16 | 戀人

是你抑是我，全世界
攏神經 ê 時，kā 月光
摺做一張批，寄 hōo 家己

十
月

抑是（ia̍h-sī）：「或是」。
kā：共，「把」。
摺（tsih）：「摺疊」。

17 │批

拜託風寄 hōo 你，往過
一片相思，詩輕情重
tī 記持裡放火，是啥人？

hōo：予，「給」。
往過（íng-kuè）：「過往」。
tī：佇，「在」。
記持（kì-tî）：「記憶」。

拜託

天星來照路，心內有數
用詩起家，生活罔度
一隻船，載阮出江湖

十月

起家（khí-ke）：「建立家業」。
罔度（bóng-tōo）：「勉強過日子」。

Tsa̍p-gue̍h
19 | 起家

Tshāi 一枝神主牌仔
hōo 詩安心蹛落來，體貼
阮歡喜悲傷，敢有人愛？

tshāi：祀，「立」。
hōo：予，「給」。
蹛（tuà）：「住」。

用詩繼續行路，喘氣
莫和雲相諍，名利
號做啥物？做家己

莫（mài）：「不」。
相諍（sio-tsènn）：「爭辯」。

Tsa̍p-gue̍h 21 | 行路

來雲頂散步，看家己
前世今生，本底 ê 面目
有時好天，有時落雨

家己（ka-tī）:「自己」。

本底

性命，就是一个意外
雷公爍爁，雄雄摃落來
天地愛恨，一條因緣線

十月

爍爁（sih-nah）：「閃電」。
雄雄（hiông-hiông）：「突然」。
摃（kòng）：「打」。

23 | 意外

彼聲大氣,輾落水湖
suah 變做一枝浮動,輕輕
咧問我,愛有偌深?

輾(liàn):「滾動」。
suah:煞,「竟然」。
浮動(phû-tāng):「魚漂」。
偌(luā):「多麼」。

24 | 浮動

愣愣，定著是一種開破
連彼款花嘛開，阮目神
tī 風塵，敢 koh 釣有詩？

十月

愣愣（gāng-gāng）：「發呆」。
開破（khui-phuà）：「開示、啟發」。
tī：佇，「在」。
koh：閣，「再、又」。

| 開破

彼蕊花覺悟了後，我
變做白色雺霧，向頭
才知山無穿衫，在人看

開破（khui-phuà）：「開示、啟發」。
彼（hit）：「那」。
雺霧（bông-bū）：「霧氣」。
向頭（ànn-thâu）：「低頭」。

雺霧

連鞭近連鞭遠，定定
過去未來分 bē 清，心內
一款平靜，無風無湧

十月

連鞭（liâm-mi）：「立刻、馬上」。
bē：袂，「不」。

27 | 未來

Tī 你目睭，畫一个彩虹
揣寡仔勇氣，揣寡仔愛
咱今仔日，跤踏實在

tī：佇，「在」。
彩虹（tshái-khīng）：「彩虹」。
揣（tshuē）：「尋找」。
跤（kha）：「腳」。

Tsa̍p-gue̍h

28 | 實在

有影才通講嘿，愛這字
烏白唬，正港不應該
好心好報，好將來

十月

唬（hóo）：「謊騙」。

| 應該

Bē 收山矣乎！誰叫你
遐癮寫詩 koh 綴伊拋拋走
咱島國，愛著較慘死

bē：袂，「不」。
誰（siáng）：「何人」。
遐癮（hiah giàn）：「那麼沉迷」。
koh：閣，「再、又」。
綴（tuè）：「跟隨」。

30 | 島國

咱 ê 願夢，湠做溫柔
詩 kah 江山，攏獻 hōo 彼个
媠姑娘仔，hōo 伊做王

十月

湠（thuànn）：「繁衍、蔓延」。
kah：佮，「與、和」。
hōo：予，「給」。
媠（suí）：「漂亮」。

31 | 願夢

若像有形矣，繼續走揣

新 ê 意義，該離就離

火愛顧好，毋通 hōo 化去

揣（tshuē）：「尋找」。

hōo：予，「給」。

化（hua）：「熄滅」。

十
一
月

Tsap-it-gueh

1 | 繼續

Tī 夢中做夢，凡勢仔
會較快活，真假免要意
夢久就咱 ê，愛相隨

tī：佇，「在」。
凡勢（huān-sè）：「或許」。
快活（khuìnn-uáh）：「快樂」。
要意（iàu-ì）：「在意」。

Tsa̍p-it-gue̍h

2 | 要意

思念 ê 跤跡，毋知猶有
山 ê 氣味無？詩常在
咧挵門，秋天無應聲

十
一
月

跤跡（kha-jiah），足跡。
常在（tshiâng-tsāi）:「時常」。
挵（lòng）:「敲打」。

3 | 氣味

慢慢仔衝出來矣,寒天
tī 石頭縫躊躇,探頭
月靜風冷,愛早就透爛

衝 (tshìng):「溢升」。
tī:佇,「在」。
縫 (phāng):「縫隙」。
躊躇 (tiû-tû):「猶豫不決」。
透爛 (thàu-nuā):「熟透」。

Tsȧp-it-gȯeh

4│石頭

規心咧思考，溪水
爲啥物掣流？花開花謝
我敢是我？啊你是誰？

十一月

掣流（tshuah-lâu）:「急流」。
誰（tsiâ）:「何人」。

5 | 規心

來散步看風景，用詩
kā 咱台灣行透透，免管
人譬相供體，看你無

kā：共，「把」。
譬相（phì-siùnn）：「鄙視」。
供體（king-thé）：「含沙射影批評」。

Tsáp-it-guéh

6 ｜譬相

扶 lān 巴結遐 ê 尻川花
為名為利為權為家己
尊嚴，一把偌濟錢？

扶 lān（phôo-lān）：扶屜，「巴結」。
尻川花（kha-tshng-hue）：「搖尾乞
憐的嘴臉」。
把（pé）：量詞，「手握之量」。

Tsa̍p-it-gue̍h

7 | 尊嚴

刻 tī 骨裡，掌 tī 腰
寫 tī 頷頸，性命短短
揣一个感動，kah 屈勢

tī：佇，「在」。
掌（thènn）：「撐」。
頷頸（ām-kún）：「頸部」。
揣（tshuē）：「尋找」。
kah：佮，「與、和」。

Tsáp-it-guéh

8 | 感動

看花恬恬咧開，蟲豸
和詩，tī 草枝拍種交尾
天然自在，有愛跟綴

十
一
月

蟲豸（thâng-thuā）：「蟲的總稱」。
拍種（phah-tsíng）：「交配」。
綴（tuè）：「跟隨」。

9 | 有愛

有情義，才有這个世界
揣一條理路，hōo 咱 kah 詩
繼續活咧，無人會稀微

揣 (tshuē)：「尋找」。
理路 (lí-lōo)：「思路、道理」。
hōo：予，「給」。
kah：佮，「與、和」。

10 | 理路

哪媠這款形 ê？連受氣
都滿面春風，歌詩裡
有幸福滋味，我 kah 你

十
一
月

媠（suí）：「漂亮」。

11 | 滋味

是鹹是汫，家己知
雖罔無人愛，阮猶原
寫詩 hōo 你，若山若海

汫（tsiánn）：「淡」。
雖罔（sui-bóng）：「雖然」。
hōo：予，「給」。

Tsa̍p-it-gue̍h

12｜山海

迷人情愛，tī 上暗所在
點一葩火，成做日頭光
hōo 心，安靜坐落來

十一月

tī：佇，「在」。
葩（pha）：量詞，「盞」。

13 | 迷人

山一山接一山，海
淾做你目睭，金金看
花 ê 心事，啥人知影？

淾（thuànn）：「蔓延、繁衍」。
目睭（ba̍k-tsiu）：「眼睛」。

Tsa̍p-it-gue̍h

14 ｜ 金金

看伊行轉來，阮目睭底
相閃身，愛情就隨溜過
詩毋敢講話，膽破魂飛

相閃身（sio-siám-sin）：「擦身而過」。
毋（m̄）：「不」。

15 │ 轉來

詩裡，就是咱美麗祖國
同齊來食茶配話，公媽
顧好，毋通認賊做老爸

同齊（tâng-tsê）：「一起」。
毋通（m̄-thang）：「不可」。

16 │ 同齊

來去溪邊散步,敢好?
然後寫一張光批 hōo 家己
寒人,看誰先揣著春天

光批(kng-phe):「明信片」。
hōo:予,「給」。
誰(siáng):「何人」。
揣(tshuē):「找尋」。

17 | 光批

心事看現現，濁水溪

散 kah 賰一首詩，毋知

欲寄 hōo 啥人，才有夢

光批（kng-phe）：「明信片」。
散（sàn）：「窮」。
kah：甲，「到、得」。
賰（tshun）：「剩下」。
hōo：予，「給」。

Tsáp-it-guéh

18 | 有夢

Tī 暝尾飄搖，菅芒
裼開霜風目睭，趁月光
輕柔，盤過山 ê 憢疑

十一月

tī：佇，「在」。
暝尾（mî-bué）：「天快亮時」。
裼（thí）：「拉開」。
趁（thàn）：「趁機」。
憢疑（giâu-gî）：「懷疑」。

19 | 暝尾

心內上毋甘彼粒天星
飛入你窗仔門，逍遙
自在，聽候天光

暝尾（mî-bué）：「天快亮時」。
毋甘（m̄-kam）：「捨不得」。
聽候（thìng-hāu）：「等待」。

20 | 聽候

彼條溪，斡一个斡
hōo 春天流入來，愛情
tī 遐，suah 拍一个結

十一月

斡（uat）：「轉彎」。
hōo：予，「給」。
tī：佇，「在」。
遐（hia）：「那裡」。
suah：煞，「竟然」。

Tsa̍p-it-gue̍h

21 | 拍結

做一个記號，hōo 將來
家己認捌，行過 ê 路
寫過 ê 詩，毋是白賊

拍（phah）：「打」。
hōo：予，「給」。
認捌（jīn-bat）：「認識」。

Tsàp-it-guèh

22 | 記號

永遠刻 tī 遐，莫拊掉嘿
人生看 bē 透，姑不將
kā 喙骬，koh 疊去你額頭

拊（hú）：「擦拭」。
bē：袂，「不」。
kā：共，「把」。
koh：閣，「再、又」。
疊（thàh）：「加添」。

23 | 額頭

滿滿風霜，皺痕
頒 hōo 性命一張獎狀
擘開一蕊，火眼金睛

額頭（hia̍h-thâu）：「額頭」。
hōo：予，「給」。
擘開（peh-khui）：「打開」。
火眼金睛（hué-gán-kim-tsing）：「透澈
之眼」。

24 | 獎狀

吊 tī 壁,愛情誠奢颺
目屎焦矣,血堅疕
彼條傷痕,較大天

tī:佇,「在」。
誠（tsiânn）:「非常」。
奢颺（tshia-iānn）:「大排場」。
焦（ta）:「乾」。
疕（phí）:「血凝固的疤」。

25 | 傷痕

是美麗 ê 船，漸漸靠岸
毋是無風湧，是人生看破
愛，一尾了悟 ê 蛇

毋是（m̄-sī）：「不是」。

26 │ 風湧

起起落落，人
浮浮沉沉，運命
一領，海做 ê 新衫

27 | 海

心窗，遠遠一條天際線
我 kā 時鐘撥慢，愛情
嘛是硞硞行，無看影

天際線（thian-tsè-suànn）：「地平線」。
kā：共，「把」。
撥（puah）：「撥」。
硞硞行（khok-khok-kiânn）：「一直走」。

Tsa̍p-it-gue̍h

28 | 心窗

天拄光，一滴寒人 ê 露水
滴落春天 ê 目睭
月娘 ê 眠夢，咧探頭

十
一
月

拄（tú）：「剛剛」。
咧（leh）：「在」。

29 | 探頭

偷偷仔看你有來無？
詩，是一本曆日仔
目一下 nih，滿面春風

曆日仔（la̍h-jit-á）：「日曆」。
nih：瞴，「眨眼」。

Tsáp-it-guéh

30 │曆日

日子，思念樹葉 ê 芳味
一頁一頁 kā 面裂落來
咱來山裡散步，敢好？

kā：共，「把」。
裂（liah）:「撕」。

Tsa̍p-jī-gue̍h

1｜散步

走揣你，走揣我家己
風 ê 記持，一重一重
kā 時間 ê 皺痕掀開

揣（tshuē）：「尋找」。
記持（kì-tî）：「記憶」。
重（tîng）：量詞，「層」。
kā：共，「把」。
皺痕（jiâu-hûn）：「皺紋」。

2│走揣

青春夢想，koh kā 點著
成做透早貓霧光
往過飄失 ê，幸福鳥仔聲

koh：閣，「再、又」。
著（tò h）：「燃燒」。
貓霧光（bâ-bū-kng）：「天剛亮的日光」。
往過（íng-kuè）：「以前」。

3 | 貓霧光

厝鳥仔，啄破暗暝眠夢

kā 生銑 ê 靈魂叫精神

鏡愛 koh 磨，詩 suah 疼起來

貓霧光（bâ-bū-kng）：「天剛亮的日光」。

kā：共，「把」。

生銑（senn-sian）：「生鏽」。

koh：閣，「再、又」。

suah：煞，「竟然」。

Tsáp-jī-guéh

4 | 鏡

照著你 ê 寂寞了後
心，才開始稀微
窗內窗外，攏是我家己

十
二
月

著（tóh）：「燃燒」。
攏（lóng）：「都」。

Tsap-jī-guéh

5 │ 寂寞

心頭，放 hōo 輕鬆
孤單，就家己眠夢
上暗 ê 暝，天光 ê 時

hōo：予，「給」。

Tsáp-jī-guéh

6 | 天光

天星擔頭，操勞規世人
不如火金蛄一葩稀微燈火
人生譀譀仔，天闊地大

十二月

擔頭（tann-thâu）：「抬頭」。
火金蛄（hué-kim-koo）：「螢火蟲」。
譀譀（hàm-hàm）：「離譜荒謬」。

7 | 擔頭

綿綿月光，kā 儉 tī 橐袋仔
揣無家己 ê 時，通好照路
一粒拋荒 ê 心……

kā：共，「把」。
儉（khiām）：「儲存」。
tī：佇，「在」。
橐袋仔（lak-tē-á）：「口袋」。
揣（tshuē）：「尋找」。

Tsa̍p-jī-gue̍h

8｜拋荒

遠遠，花 ê 清芳裡
發出一粒戀夢，寒人
窗仔門，著愛家己搢光

十二月

拋荒（pha-hng）：「荒蕪」。
發（puh）：「長出」。
寒人（kuânn--lâng）：「冬天」。

9 | 寒人

世間，淡薄仔頭疼
鬱卒，用詩 kā 斬首示眾
無，欲留咧浪流連乎？

寒人（kuânn--lâng）：「冬天」。
kā：共，「把（它）」。
浪流連（lōng-liû-liân）：「遊手好閒」。
乎（honnh）：反問助詞，「嗎」。

10 | 浪流連

蟯蟯趖，詩總是向望
蝴蝶翼股，淡薄仔花芳
美麗，四界摸飛四界趄

蟯蟯趖（ngiáuh-ngiáuh-sô）：「蟲蠕
動貌」。
向望（ǹg-bāng）：「盼望」。
翼股（sit-kóo）：「翅膀」。
摸飛（moo-hui）：「遊玩」。

11 | 向望

金山銀山，買無山
一聲祝福，幸福是功課
一粒平靜 ê 疼心

向望（ǹg-bāng）：「盼望」。

Tsa̍p-jī-gue̍h
12 | 功課

愛 ê 緣故，流寡仔血汗
哪要緊？疼，是鹽
永遠有日頭光

十二月

寡仔（kuá-á）：「一些」。

13 | 鹽

鹹鹹，目屎

是一場春夢，我 ê 詩

倒 tī 你喙脣，毋願精神

tī：佇，「在」。

喙脣（tshuì-tûn）：「嘴唇」。

毋（m̄）：「不」。

春夢

向望風變老，咱就會當
相拄頭，tī 愛情共和國
花若欲開，免約束

向望（ǹg-bāng）：「希望」。
拄（tú）：「相遇」。

15 | 愛情

Kā 花借淡薄仔勇氣
hōo 心自在，霜凍世界
揣一雙翼股溫暖爾爾

kā：共，「向」。
hōo：予，「給」。
揣（tshuē）：「尋找」。
翼股（si̍t-kóo）：「翅膀」。
爾爾（niā-niā）：「而已」。

翼股

用昨暝月光，醃一首詩
成做透早露水閃爍
滴落胸前，是遠遠 ê 你

醃（am）：「用鹽糖酒等浸漬食物」。

Tsa̍p-jī-gue̍h
17 | 月光

澹澹 ê，是青春 ê 玻璃窗
我學你目神，哈一口氣
殕殕 ê 夢，猶原蠻皮

澹澹（tâm-tâm）：「溼潤」。
殕殕（phú-phú）：「灰濛」。
蠻皮（bân-phuê）：「頑固」。

18 | 青春

因為，啥物攏無
所以全世界攏是你 ê
孤單，出力寫就 bē 孤單

攏（lóng）：「都」。
bē：袂，「不」。

19 | 世界

是花，目睭擘金 ê 目神
毋是我，失眠 ê 眠夢
微微仔光，咱就是好風景

擘（peh）：「張開」。

Tsa̍p-jī-gue̍h

20 | 風景

規路湠過來，是你形影
咱 ê 記持，寫 tī 詩裡
天頂 ê 雲，水中 ê 月

十二月

湠（thuànn）：「蔓延」。
記持（kì-tî）：「記憶」。
tī：佇，「在」。

Tsáp-jī-guéh

21 | 記持

一陣雲煙，tī 時間 ê 風裡
數念山 ê 氣味
有我，有你

記持（kì-tî）：「記憶」。
tī：佇，「在」。
數念（siàu-liām）：「想念」。

22 │ 數念

歲月 ê 芳味，散 tī 風中
詩，一寸一寸 kā 抾轉來
欲唸讀你喙脣，suah 無聲

kā：共，「把（它）」。
抾（khioh）：「撿拾」。
喙脣（tshuì-tûn）：「嘴唇」。
suah：煞，「竟然」。

十二月

23 | 喙脣

胭脂紅記記,是觀音山
kā 風講細聲話,無人聽
淡水河微微笑,得人疼

紅記記(âng-kì-kì):「顏色極紅貌」。
kā:共,「向、跟」。

24 | 風

Kā 青春戀夢，種 tī 遮
詩拋荒，嘛綿爛生湠
日頭光咧問，你，tī 佗？

十二月

tī：佇，「在」。
綿爛（mî-nuā）：「固執堅持」。
湠（thuànn）：「蔓延」。
佗（tah）：「哪裡」。

25 | 綿爛

愛一片海，甘願粉身碎骨
詩，孤身倚 tī 斷崖
戀夢，化做千千萬萬雨絲

倚（khiā）：「站立」。
tī：佇，「在」。

26 | 斷崖

Tī 無路 ê 所在，揣路
tī 薄情 ê 世界，多情
目屎 tī 目墘，總是愛覺悟

揣（tshuē）：「尋找」。
目墘（ba̍k-kînn）：「眼眶」。

27 | 覺悟

人，只不過一个幻影
有光，才有性命
日頭月娘，攏知影

攏（lóng）：「都」。

28 | 知影

詩內面，覕一隻厝鳥

透早天星，tī 阮心肝頭

刁工，綴咧跳前跳後

覕（bih）：「躲藏」。

tī：佇，「在」。

刁工（thiau-kang）：「故意」。

綴（tuè）：「跟隨」。

天星

昨暝 ê 露水，猶含目墘
閃爍，人生有苦有甜
kā 海掀透透，哪揣無你？

含（kâm）：「把東西置放口中」。
目墘（bák-kînn）：「眼眶」。
kā：共，「把」。
掀（hian）：「翻開」。
揣（tshuē）：「尋找」。

露水

眠夢 ê 溫暖,是活 ê 勇氣
kā 家己開做一蕊花
詩,有光,有芳味

十二月

芳(phang):「香」。

31 | 勇氣

汗，若滴落來，心
就較定著，鹹鹹 ê 夢想
淹做你目睭，彼片大海

較（khah）:「更加」。
彼（hit）:「那」。

台語羅馬字
拼音方案

(一)

	台羅拼音	注音符號		台羅拼音	注音符號
聲母	p	ㄅ	聲母	kh	ㄎ
	ph	ㄆ		g	
	b			ng	
	m	ㄇ		h	ㄏ
	t	ㄉ		ts	ㄗ
	th	ㄊ		tsh	ㄘ
	n	ㄋ		s	ㄙ
	l	ㄌ		j	
	k	ㄍ			

(二)

韻母	台羅拼音	注音符號	非入聲韻尾 / 入聲韻尾	韻尾	韻化鼻音
韻母			非入聲韻尾	-m	-m
韻母	a	ㄚ	非入聲韻尾	-n	-ng
韻母	i	一	非入聲韻尾	-ng	-ng
韻母	u	ㄨ	入聲韻尾	-h	
韻母	e	ㄝ	入聲韻尾	-p	
韻母	oo	ㆦ	入聲韻尾	-t	
韻母	o	ㄛ	入聲韻尾	-k	

(三)

調類	陰平	陰上	陰去	陰入
台羅拼音	sann	té	khòo	khuah
例字	衫	短	褲	闊

調類	陽平	(陽上)	陽去	陽入
台羅拼音	lâng		phīnn	tit
例字	人	矮	鼻	直

網路工具書
資源

教育部台灣閩南語常用詞辭典

萌典

台日大辭典

甘字典

iTaigi 愛台語

台文華文線頂辭典

ChhoeTaigi 找台語

Phah Tâi-gí（輸入法 App）

日子
Jit-tsí
台語曆日仔詩

作　　　者　陳　胤
扉頁圖像　陳　胤
責任編輯　鄭清鴻

美術編輯　烏石設計
出　版　者　前衛出版社
　　　　　　地址：10468 台北市中山區農安街 153 號 4 樓之 3
　　　　　　電話：02-25865708 ｜傳眞：02-25863758
　　　　　　郵撥帳號：05625551
　　　　　　購書‧業務信箱：a4791@ms15.hinet.net
　　　　　　投稿‧代理信箱：avanguardbook@gmail.com
　　　　　　官方網站：http://www.avanguard.com.tw

出版總監　林文欽
法律顧問　陽光百合律師事務所
總　經　銷　紅螞蟻圖書有限公司
　　　　　　地址：11494 台北市內湖區舊宗路二段 121 巷 19 號
　　　　　　電話：02-27953656 ｜傳眞：02-27954100

出版補助　國｜藝｜會　NCAF

出版日期　2022 年 3 月初版一刷
定　　　價　新台幣 400 元

ISBN　978-626-7076-13-2
　　　　978-626-7076-15-6（PDF）
　　　　978-626-7076-16-3（E-Pub）

國家圖書館出版品預行編目（CIP）資料

日子：台語曆日仔詩 / 陳胤作. -- 初
版. -- 臺北市：前衛出版社, 2022.03
面；　公分
ISBN 978-626-7076-13-2(平裝)

863.51　　　　　　　　　　111000608